아무튼, 사투리

아무튼, 사투리

다드래기

위고

차례

이야기를 만드는 사람

나는 부산에서 태어나 광주에 살고 있다. 학창 시절까지 19년을 부산에서 보내고 대학생과 사회 초년생 시기의 5년을 순천에서 머문 뒤, 광주로 건너와 산 지 어느덧 19년 차가 되었다. 여기저기 떠돌며 짧게 살았던 불안정한 시간을 제외하고 행정구역에 도장을 찍고 자리 잡아 지낸 기간이 그렇다.

어릴 때는 전혀 예상하지 못했다. 흔히 장래를 계획할 때 무엇이 되고 싶다거나 어떤 직업을 갖고 싶다고는 하지만 어디에서 살고 싶다거나 어디에 터전을 잡겠다고는 하지 않기 때문이다. 어쩌면 다들 서울을 향하거나 그 주위를 맴도는 것이 당연하다고 생각하기 때문인지도 모른다.

내가 살 때만 해도 지금 같은 부산의 취업난과 인구 감소는 상상도 못 했다. 다들 부산에서 태어났으면 당연히 부산에서 학교를 다니고 부산에서 취직해 부산에서 결혼하고 정착하리라고 생각했다. 어릴 때부터 한곳에 붙어 있는 걸 너무 싫어했던 나는 막연히 어른이 되면 부산을 떠나고 싶다고는 생각했지만 광주에 정착한다는 미래는 예상도 못 했고 계획에도 없던 일이다.

1997년 외환위기 직후 대학입시를 앞둔 전국의 많은 딸들은 지역에 상관없이 등록금이 저렴한 국립

대학교에 진학하는 효녀가 되어야 했고 우리 자매도 그 길을 따랐다. 당시 언니에게는 청천벽력 같은 상처였을 테지만, 이미 언니의 사례로 미래를 짐작한 나는 현실을 담담히 받아들였다. 공부를 열심히 하면 언니처럼 가까운 지역의 국립대학교 사범대나 교대에 가서 교사가 되는 길을 걷겠지, 막연히 생각했다. 그렇게 앞날에 대한 큰 기대나 꿈 없이 눈앞에서 적성을 찾으려 했다.

그런 나를 흔든 것은 바로 만화였다. 가난한 집에서 만화를 그리겠다고, 그것도 전공까지 하겠다고 나서는 것은 우리 부모님에게는 당장 가출하겠다는 선전포고나 마찬가지였다. 다행스럽고 감사하게도 당시 만화과가 있는 국립대학교가 전국에 단 한 곳, 순천에 있었고 거기서 진짜 내 인생이 시작되었다. 입학을 결정하고 부산을 떠날 준비를 하는 나에게 아버지가 하신 말씀이 재미있는 아이러니로 남았다.

"와따 내가 30년 전에 먹자게 없어서 전라도에서 도망쳐 나왔는디 뭐단디 거기를 들어간다고 짐을 싸냐?"

딱 잘라 인생의 반을 부산에서, 나머지 반을 광주에서 사는 나를 두고 이제 전라도 여자가 다 되었다고 마치 배신자 보듯 하는 비뚤어진 시선도 있다. 하지만 내가 태어나 아무런 걱정 없이 가장 행복한 시기를 보낸 부산을 어찌 고향이라 부르지 않을 수 있으며 어떻게 사랑하지 않을 수 있단 말인가. 하물며 나의 근본은 내 말에서 모두 드러나는데!

지난해 나는 부마민주항쟁을 만화로 그리는 데 꼬박 한 해를 다 썼다. 광주에 살면서 5·18 민주화운동에 관한 살아 있는 증언을 접하고 공부할 기회가 많았는데, 정작 내 고향에서 일어난 부마민주항쟁에 대해서는 작품을 그리면서야 제대로 알게 되었다는 사실이 부끄러웠다. 자료가 부족해서 시간과 품이 많이 드는 것도 마음에 걸렸다.

어떤 사람들은 5·18 민주화운동을 조명하느라 부마민주항쟁이 상대적으로 외면받았다고 하지만, 광주에 살면서 두 민주화운동의 연결을 배운 나는 그 말이 사실과 전혀 다르다는 것을 안다. 한편 부산에서 성장하는 동안 부마민주항쟁의 역사를 숨기려는 사람이 주변에 많았던 것이 새삼 안타까웠다. 심지어 사실을 왜곡하는 어른들도 있었다. 그들의 그릇된 교육으로 인해 내 또래 중 누군가는 부마민주항쟁을 적대적으로 나쁘게 기억하기도 한다. 나는 내 고향의 사람들이 부마민주항쟁을 숨기지 않고 거기에 참여

한 자신의 부모를 자랑스러워하며 적극적으로 알리기를 바라고 있다.

나는 서울로 떠나지 않고 전국 각지에 남아 있는 우리가 가진 재미있는 것들에 대해 더 많이 이야기하고 싶다. 광주와 대구 사이에 있는 '달빛동맹'도 재미있는 것들 중 하나다. 달빛동맹은 가장 섞일 수 없을 것 같은 두 지자체가 2013년부터 추진한 상생 사업으로 대구를 뜻하는 달구벌과 광주를 뜻하는 빛고을을 합친 굉장히 예쁜 이름이다. 물리적인 거리에 비해 빈약한 교통 인프라가 두 지역의 심적인 거리를 더 멀어지게 한다고 보고, 현재는 서로를 더 가깝게 잇는 고속철도 건설사업도 추진 중이다. 나처럼 비싸지 않은 주거지를 찾아 떠도는 프리랜서 예술인들은 이 철도를 따라 사람들이 섞여 들며 새롭게 다채로운 삶을 만들어가는 상상을 할 수 있고, 문화적으로 더 풍부한 이야기를 지어낼 수 있다. 그 중심에는 지역의 말이 있다. 전남 구례에서 오르기 시작해 경남 산청으로 내려오는 지리산 종주 길에 나설 때처럼, 살아 있는 말과 재미있는 이야기가 길을 따라 이어질 것을 생각하면 벌써 신난다.

부산에는 어릴 적 나의 꿈과 추억, 긍정과 열정

이 넘치던 시간이 남아 있고 광주에는 부모에게서 독립해 지금까지 이어온 나의 사투가 담겨 있다. 섬진 강휴게소를 사이에 둔 나의 어제와 오늘이 아름답고 아픈 이야기로 이어진다. 나는 이를 내가 어릴 때부터 써온 말과 어른이 되어 새로 배운 말을 동원해 생생하게 옮기는 것을 좋아한다. 그래서 결국은 이야기를 만드는 사람이 되었을 것이다.

니 집이 어데고?

국민학교(라고 해야 옛날이야기 맛이 난다) 3학년으로 올라가던 새해 첫날이었다. 신년 특집으로 MBC에서 〈화개 장터〉라는 2부작 드라마를 방영했다. 경상도 상인과 전라도 상인의 티격태격하는 경쟁과 그 후계자들의 사랑을 보여주는, 아기자기하면서도 대화합의 메시지를 전하는 드라마였다. 그때 처음으로 우리나라의 땅덩어리가 여러 지역으로 나뉘어 있고 경상도와 전라도가 미묘한 관계인 데다 지역마다 극적으로 다른 말투를 쓴다는 걸 알았다. 내가 나중에 그 먼 동네에 가서 살 줄은 꿈에도 몰랐지만.

내가 성인기를 맞이한 순천은 경상도와 전라도의 짬뽕이 물결치는 정말 재미있는 곳이었다. 내가 다닌 학교는 이른바 지역 거점 국립대로, 인접 지역의 학생들이 죄다 모였다. 특히 순천은 전라도와 경상도 사이에 위치하기에 여기서 말하는 인접 지역은 굉장히 넓은 범위를 아우른다. 전남의 구례, 광양, 여수를 생활권으로 옆에 두고 한 다리 건너서 바로 경남 하동군과 붙어 있는, 그야말로 화개 장터 생활권이다. 전라도에 있는 학교니까 전라도 사람이 많겠거니 했던 내 예상은 입학을 앞두고 들어간 기숙사에서 가볍게 깨졌다. 사천이나 하동이 고향인 경남 출신 학생이 전북에서 온 학생보다 더 흔했다. 내 정체성을 지탱하는 화개 장터 말투는 이때 시작되었다. 영호남의 오래된 사투리와 말길을 이해하면서부터 다국어 사용자가 된 느낌이라 잘난 척하는 기분이 여간 맛있지 않았다.

처음 지리산 종주를 간 날, 천왕봉과 가장 가까운 장터목휴게소에서 이곳이 함양의 백무동 사람들과 산청의 중산리 사람들이 장터를 연 곳이라는 말을 들었을 때 머릿속에 여러 풍경이 떠올랐다. 서로 다른 곳에 사는 사람들이 가장 극적으로 한자리에 모이는 곳이 바로 장터일 것이다. 그중 화개 장터는 경상도 하동과 전라도 구례의 경계에 있다. 함평, 영광, 담양 사람이 제아무리 순천에 와서 강력한 전라도 사투리를 뿜어내더라도 경상도 사투리를 쏟아내는 하동 사람보다 더 멀리 살고 있다니. 대도시에서 건너온 신흥 촌년에게는 재미있는 일이 아닐 수 없었다.

경상도와 전라도의 생활권이 섞이는 곳에서 처음 혼자 살기 시작하면서 나의 언어생활도 독립적으로 무르익었다. 전라도에서 부산으로 진입하는 관문인 마법의 노포 톨게이트를 통과하면 DNA 깊숙이 잠자고 있던 부산 사투리가 폭발하여 따발총 같은 속도의 어휘로 쏟아져 나오지만 결정적인 순간에 부산 친구들의 표정이 '오잉?' 하는 경우가 있다.

"옴마야, 내 윽스로 오랜만에 와가꼬 느무 변해가 부산 하나또 몬 알아보겠데이! 진짜 많이 변했다, 안 그냐?"

긴 시간 동안 전혀 알아차리지 못했지만 지금도 미묘하게 경상도 사투리 끝에 전라도식 추임새가 흘러나오거나 전라도 사투리 속에 경상도식 단어들이 심어져 있다. 내 말을 들은 부산 사람들은 낯선 문장 조합에 폭소하고 말지만 광주 사람들은 친해질 때까지 잠자코 있다가 나중에 슬쩍 물어보곤 했다.

"집이 원래 어디여?"

"부산이요."

"부산? 부산이라고? 하나도 부산 안 같은디?"

아, 내가 너무 완벽하게 전라도 사투리를 구사하고 있나 보구나. 오래 살았더니 아주 유창해진 모양이군. 혼자 흐뭇해하고 있을 때 허를 찌르는 한마디가 들려온다.

"아니 경상도 말을 쓰길래 그런갑다 했는데 하동 사람 말투 같아서. 옛날에 다니던 회사에 하동 사람 있었는디 딱 그 말투거든."

충격이다. 내 생각만큼 전라남도 말에 익숙해지지도 않았거니와 부산말조차 이제 유창하지 않단 말인가! 광주살이 초기에는 들어본 적 없던 이야기였다. 내 말투를 들으면 으레 어디서 왔냐, 고향은 어디냐, 부산 같은 큰 도시에서 왜 광주까지 왔냐는 질문의 타래가 오랫동안 이어졌다. 이제는 화개 장터 말투가 확고해지다 못해 하동 사람 아니냐는 말을 듣는 수준까지 발전해버린 건가.

대학교 때 2년간 옆집에서 자취하던 하동 출신 선배 생각이 났다. 확실히 부산말보다는 좀 더 진한 경상남도 사투리를 썼지만 무언가에 놀라거나 뜨거운 걸 잘못 만졌을 때 그의 입에서 튀어나오던 추임새를 기억한다.

"오메! 뜨그브라!"

"자전거 타고 오다 넘어지 갈아뿟다고? 흐미 으찌까!"

이 자연스러운 경상도와 전라도의 컬래버레이션이 느껴지는가. 절대 일부러 내뱉을 수 없는 말들. 일부러 따라 하거나 핀잔 들으면서 배우는 말이 아니라 내 안에 흡수되어 자리 잡은 말들. 5년간 순천에서 만난 경남 친구들의 영향으로 더욱 강화된 경상도 사투리와 20년 가까이 전라도에 살면서 어느새 체화된 전라도 사투리가 섞여 결과적으로 부산과 훨씬 더 멀어진 나만의 말투가 완성된 것이다.

몇 년 전부터는 유일한 사투리 대화 상대인 친언니조차도 나의 말이 이상하다고 지적하기 시작했다. 내 말투가 하나의 지역명으로 정의할 수 없는, 화개 장터 말투로 자리 잡았기 때문인지도 모르겠다. 왠지 뿌듯하다. 사는 곳이든 일하는 곳이든, 한자리에 적을 두지 못한 채 어딘가 둥둥 떠다니는 프리랜서 생활을 하면서, 나의 정체성은 무엇인가, 나에게 가장 편안한 공간은 어디인가, 내 진짜 모습은 무엇인가 같은 사춘기에나 할 법한 존재론적 질문들로 늘 마음 한편이 쓸쓸했다. 그런데 연고도 없는 하동 사람인 줄 알았다는 지인의 말이 내가 흘러온 시간을 깔끔하게 정리해주었다.

금기를 깨는 한마디

봄볕이 유독 따가운 날이었다. 캠퍼스 안에서도 맨 꼭대기에 새로 지은 예술대학 만화과 건물까지 가려면 나무 그늘 하나 없는 언덕길을 올라야 했다. 겨울에는 그야말로 에베레스트산을 등정하는 것 같았고, 여름에는 직사광선에 탈모가 올 지경이었다.

그 봄날 1교시 수업에 들어가기도 전에 고개 중턱에서 진이 다 빠진 내 옆으로 복학생 선배가 나타났다. 갓 스무 살이 된 신입생에게 제대한 복학생 선배란 얼마나 까마득한가. 더운 날씨에 짜증이 가득했지만 새내기의 열정을 끌어올려 공손하게 인사했다. 평소에는 수업에서 만나도 서로 데면데면했으나 강렬한 태양은 나그네의 외투를 벗게 한다고, 선후배 사이에 감도는 어색함도 땡볕 아래에서는 흐물흐물 녹아버렸다. 내 정수리 위로 높고 긴 그늘을 만들어주던 선배의 결정적 한마디를 기억한다.

"어야, 우리 더운데 그냥 빠구리나 칠라냐?"

이게 무슨 귀신 씻나락 까먹는 소리란 말인가. 이 선배가 언제부터 나랑 말이라도 트고 지냈다고 나에게 빠구리씩이나 치자고 하는 것인가! 분명히 더위를 먹었다! 새내기의 사회성은 사라지고 표정이 굳어갔다. 선배는 어리둥절의 대웅전에서 갸웃거리더니 어느새 돈오가 찾아온 것인지 보살의 미소를 지어 보였다.

"맞다, 부산에서 왔다 그렸제? 그럼 니도 빠구리 모르것네잉."

내가 나고 자란 부산의 동네는 왼쪽으로 육군 부대, 오른쪽으로 미군부대, 앞쪽으로 헬기장과 유흥가를 두고 있었다. 남자아이들은 초등학교에 입학하자마자 유흥가를 지나는 아저씨들에게 배운 온갖 성적인 노래를 퍼뜨렸다. 지금도 생생하게 기억나지만 남들 앞에서 부를 수도 없는 노래다. 어린아이에게 그런 노래를 따라 부르게 하는 범죄에 가까운 짓을 아무렇지 않게 넘기던 시절이었다.

어린 시절 주택가 빈 벽의 단골 낙서였던 '빠구리'를 이 뜨거운 대머리 동산에서 만나다니. 세상에, 빠구리란 무엇인가! 지난겨울 허벅지까지 푹푹 빠지던 광주의 폭설에도 누군가는 기어이 밖으로 나와 거대한 상가 외벽에 커다랗게 쓰고야 말았던 그 단어 'SEX', 철원에서 군 생활을 했다는 친구 한 명도 눈 속에 새긴 SEX 옆에서 찍은 사진을 보여준 적이 있다. 그렇게나 한철 두서없이 갈망하고 히죽거리며 낙서하던 그 SEX가 바로 우리가 아는 빠구리 아닌가. 이 부끄러운 말을 차마 함부로 입에 담지 못하지만 어떻게 해서든 금기의 언어를 쓰고야 말겠다고 '892'

라고 크게 낙서하던 종자들도 있었다. 지금도 성적인 은어를 입에 올리며 시답잖게 상대에게 불쾌감을 주려 드는 인간을 만날 때 내 머릿속을 지배하는 892. 어린 시절에 '나도 어른이 되면 이런 말을 쓰게 될까?' 스스로에게 묻게 했던 말. 그토록 강력한 조기교육을 받은 내가 빠구리를 모른다고 짐작하다니 이건 또 어디서 캐낸 뚱딴지인가 싶었지만, 곧 전라도 어떤 지역의 말에서 빠구리가 땡땡이를 뜻한다는 것을 알게 되었다.

억겁과 같던 찰나의 혼란을 지나 단과대 중앙 현관에 다다른 우리는 오락실에 가서 펌프를 뛸까, 철권을 갈길까 잠시 논의했지만 자판기에서 사치스럽게 초록매실을 하나씩 뽑아 먹고 느지막이 수업에 들어가는 것으로 빠구리를 접었다. 이 얼마나 저속한 이름의 건전한 행보인가. 이 경험은 전국 각지의 사람들이 모인 기숙사에서 신나는 이야깃거리가 되었다. 식당과 복도에서 마주치는 부산, 사천, 대구 등지의 동문들에게 다시금 충격과 폭소를 금치 못하며 이 동네의 빠구리 이야기를 전했다. 바바리 맨 앞에서 비명은 지르되 눈은 더 이상 가리지 않는 만렙의 여고생처럼 "야 오늘 빠구리 치자" 하고 미친 듯이 깔깔대기도 했다.

상큼한 새내기 시절을 지나 실기실의 시큼한 좀비가 되어갈 즈음, 피곤한 날이면 1교시 출석 체크 후 빼구리를 치는 대담함쯤은 별일도 아니게 되었다. 차림새 또한 누가 복학생이고 누가 새내기인지 구분하는 게 의미 없을 정도로 후줄근해져서, 잠옷으로 입던 추리닝 차림에 슬리퍼를 질질 끌고 나가는 날이 많았다. 당시 교내 매점을 장악했던 3천 원짜리 삼선 슬리퍼는 실기실에서 살다시피 하는 예술대 학생들의 생활 신발로 사랑받았고 복도에는 슬리퍼 끄는 소리가 딸 딸 딸 울려댔다. 잠깐 벗어놓고 쉬다 보면 서로 바뀌기가 예사여서, 덩치에 비해 아담한 발을 가진 내 슬리퍼를 간혹 다른 사람이 자기 것인 줄 알고 신다가 발등 부분을 떨어뜨리거나 찢어버리기도 했다.

그날도 실기실에서 푹 썩은 친구와 함께 그래도 한국인은 밥을 먹어야 한다며 기숙사 식당으로 내려가는 길이었다. 느닷없이 누군가 내 슬리퍼에 발을 꽂았고 옆구리가 뚝 떨어져버렸다. 학교에서 가장 높은 위치에 있는 단과대학 실기실에서 기숙사로 내려가야 했기에 여간 고통스러운 것이 아니었지만, 그래도 발가락에 힘을 꽉 주고 다리 한쪽을 질질 끌며 걸어갔다. 한국인의 밥을 향한 열정은 어마어마한 것이어서 목숨이 오가는 상황이 아니라면 식당으로 향하는 발걸음을 막기란 쉽지 않다. 그러다 청순하고 여린 얼굴에 향긋한 비누 향을 바람에 날리는 긴 머리의 룸메이트 언니와 마주쳤다.

"아가, 다리는 왜 그르냐. 다쳤냐?"

여수 돌산 사투리가 구수하게 맴도는 언니의 걱정스러운 물음에 피곤에 전 스무 살은 어리광을 피우고 싶었는지도 모른다.

"힝. 언니, 내 딸딸이!"

배식 시간 안에 밥을 먹어야만 하는 기숙사생들의 카드 찍는 소리가 삑삑 울리는 와중에도 순식간에 수십 명의 눈길이 나를 향해 쏟아졌다. 목소리가 그리 크지도 않았는데 슬리퍼가 찢어졌다는 평범한 투정이 무슨 관심을 그렇게 끌었던 걸까.

언니의 눈도 세 배는 커졌다. 로커 김경호처럼 긴 생머리를 앞뒤로 펄럭이며 깔깔거리는 언니의 웃음소리와 함께 이런 사태를 이미 경험한 적 있는 노련한 선배들과 어리둥절한 새내기들로 홍해가 갈라졌다. 빠구리로 까불거리면서 다니던 것과 정반대에서 '딸딸이'를 외친 것이다. 그것도 사람들이 밀집한 기숙사 식당에서! 국어사전 어딘가에서는 딸딸이를 수음의 비속어로 소개하지만 내 고향에서 딸딸이는 분명 슬리퍼다. 한 발로 딸딸이를 질질 끌고 고향 인증

을 한 스무 살 새내기는 그렇게 식판을 들고 세상의
풍파를 대차게 맞이했다.

　　해를 거듭하여 남도의 삶이 익숙해지고 '거시
기'를 해석할 수 있게 되었을 즈음, 이런 경험이 세
대와 인물만 바뀌어 대대손손 이어져 오는 전설 같은
썰이라는 것을 알게 되었다. 이제 빠구리와 딸딸이는
고향을 확인하는 필수 단어가 되었다. 이 꾸준한 명
맥을 유지하는 유구한 역사 한줄기에 나의 자리도 있
다는 게 얼마나 신나는 일인지 모른다. 너무 유명해
서 뻔한 개그여도 어색한 분위기를 화기애애하게 만
들어주는 힘이 있다. 처음 만난 자리에서 생소함을
빌미로 넌지시 던지는, 금기를 깨버리는 이 한마디는
절대 섞일 수 없을 것 같은 경상도와 전라도 사람들을
한곳에 모은다. 사람살이 똑같다는 것. 이보다 더 흥
미진진한 화제가 어디 있겠는가.

랩소디 인 콜센터 1
: 만점 콜의 비결

순천의 대학에서 만화과를 졸업하고 광주에 자리를 잡고 나서 2013년에 웹툰 〈달댕이는 10년 차〉로 데뷔하기 전까지 이런저런 일을 많이도 했다. 스토리보드 작가, 편집디자이너를 거치고 2008년 외환위기에 고용불안으로 업계 전반이 흔들리자 건어물 공장, 식당, 편의점 등에서 알바를 했다. 그러다 아예 만화의 길을 접고 7년간 통신사, 전력공사, 보험사, 채권추심 회사, 전자제품 회사 들의 콜센터를 전전했다. 그 경험으로 『혼자 입원했습니다』를 냈으니 만화를 접고 시작한 일이 다시 만화를 그리게 만들어준 셈이다.

콜센터 상담사는 표준어를 써야 했기에 이른바 '입금 말'이 필요했다. 일할 때는 거의 완벽한 표준어를 구사했다. 고객 응대(CS) 팀장에게 서울 사람이냐는 말을 듣기도 했지만 콜센터에서 로그아웃하고 사적인 대화를 시작하는 순간 도저히 근본을 알 수 없는 인간이 되었다. 놀랍게도 전업 만화가로 전향하며 입금 말을 쓰지 않게 되자 지금은 아무리 노력하고 의식해도 표준어를 쓸 수가 없다. 나는 분명한 자본주의 국가의 시민이다.

어디 사투리다 하고 한마디로 딱 잘라 말할 수 없는 나의 화개 장터 말투가 무르익은 것도 콜센터에 다닐 때 일이다. 고객에게는 정확한 표준어를 구사해야 했지만, 뿌리 깊은 경상도 사람으로서 전라도 언니들로 가득한 곳에서 일하던 그 시절에는 유독 말에 관한 남다른 일화가 많다.

이른 아침부터 CS 교육이 있던 날이었다. '이달의 만점 콜'로 채택된 우수한 응대 멘트를 다 같이 듣고 센터 전체의 업무 능력을 향상시키는 시간이었다. 항상 고객에게 칭찬을 많이 받던 선배가 이번에도 만점 콜의 주인공이었다. 내용만 봐서는 작은 글씨가 빼곡한 전기요금청구서에서 납부 금액이 적힌 위치를 제대로 찾지 못하는 고객을 도와주는 평범한 콜이었다.

"고객님, '요금청구서'라는 가장 큰 글씨 오른쪽 아래에 보시면 파란 네모 안에 검은 네모로 된 표가 있습니다. 보이실까요?"

"어? 그네. 있네."

"그 표에서 제일 아래 칸에 '당월 요금'이라고 적혀 있고 옆에 금액이 보일 겁니다. 안 긍가요?"

'안 긍가요?'라니! 일목요연하고 정갈한 설명 끝에 불쑥 치고 들어온 안 긍가요는 사투리를 완벽히 체화한 남도인에게서만 나올 수 있는 부가 의문문이다. 의도치 않게 내 입에서 "프앗!" 하고 웃음이 터져

나왔다. 그때 교육장의 직원 스물다섯 명과 교육 팀
장의 모든 시선이 나에게 집중되었다. 그런데 웃었다
고 나무라는 눈빛이 아니었다. 진짜로 궁금해하는 표
정이었다. 옆자리 동기가 입 모양으로 '왜?'라고 묻
는 순간 깨달았다. 아무도 지금 이 상황이 웃기거나
이상하지 않다는 것을. 뭐시어, 진짜 나만 웃은 거여?

　공기업이나 공공기관의 콜센터는 대개 관할 지
역별로 운영된다. 각 지역 본부와 연계하여 해당 구
역이 우선적으로 연결되기 때문에(이 경우 전화를 걸
면 맨 처음 '지역번호를 눌러주십시오'라는 안내 음성
이 나온다) 이런 콜센터는 전국 단위의 콜을 받는 사
기업에 비해 표준어 압박에서 조금 느슨해진다.

　하지만 안 긍가요는 다르단 말이어. 실제로 동
료의 사투리 때문에 빚어진 큰 민원을 두어 번 목격했
으며, 나 역시 무의식중에 나온 사투리 단어로 깐깐
한 고객에게 핀잔을 듣거나 관리자에게 주의를 받은
적이 있다. 그런데 안 긍가요가 통과하다니! 게다가
만점 콜이라니! 몇 초의 적막이 흐른 뒤 나의 쪼그라
든 목소리가 소심하게 기어 나왔다.

　"아니이… 콜에서 사투리가 나와서어… 순간
웃었는디… 안 긍가요?"

　나 빼고 단 한 사람도 안 긍가요를 알아채지 못

했다는 사실을 그제야 다들 깨닫고 여기저기서 폭소가 터졌다. 앞으로는 되도록 사투리 사용은 지양하라는 지도와 함께 화기애애한 분위기 속에서 교육이 끝났고 다행히 언니의 콜은 감점되지 않았다. 내 웃음 때문에 언니의 만점 콜이 취소라도 되었다면 나, 대역죄인이 될 뻔했다! 그 뒤로 한동안 그 언니를 볼 때마다 귓가에 울리는 안 긍가요 메들리에서 헤어날 수가 없었다. 아, 얼굴만 봐도 웃음이 나온단 말이제!

업종과 지역을 불문하고 콜센터 응대 업무의 기본은 표준어 사용이다. 매달 교육 팀에서 콜을 무작위로 추출해 청취하고 평가할 때 사투리를 많이 쓰면 감점 요인이 되기도 한다. 전국 회선을 사용하는 사기업 콜센터에서는 사투리 사용 자체가 큰 문제가 되기도 한다. 고객에게 전문성이 떨어진다는 인상을 준다는 이유다. 도대체 전문성과 사투리 사이에 무슨 연관이 있는지는 모르겠지만.

상담사와 고객이 직접 대면하는 공간에서는 크게 문제 되지 않는 것이 전화 상담에서는 상대적으로 예민하게 작용하기도 한다. 어떤 상담사는 말 속에 섞여 나오는 전라도 사투리에 기분이 나쁘다는 항의를 받은 적도 있다. 보험회사 콜센터에서 일할 때 광주 센터에서 증권을 발부한 것만으로 서울에서 보낸

게 아니라서 신뢰할 수 없다는 민원을 받은 적이 있던 걸 생각하면, 실은 사투리가 아니라 서울이 아닌 지역 자체에 대한 선입견이 확실히 있는 것 같다. 나의 업무 능력과는 전혀 상관없이 그냥 '거기'서 '거기 말투'로 말하는 것 자체가 문제라니.

　　다만 기업에 따라서는 상담 중에 단순히 사투리 억양이 묻어 나오는 것만으로 감점을 하지는 않는다. 부산 지역의 콜센터에서는 사투리를 쓰더라도 퉁명해지는 것만 조심하면 경상도 억양이 매우 다정하게 들리기 때문에 고객만족도가 좋은 편이다. 종종 교육용으로 공유되는 만점 콜을 들어보면 힘이 들어간 표준어로 시작했다가 설명이 길어지면서 상냥하게 배어나는 경상도 사투리가 극적으로 친절하게 느껴진다. 물 흐르듯 자연스러운 전개처럼 보이지만 등 뒤로 얼마나 땀이 삘삘 흘렀을지 알기에 부산 센터 동지들에게 눈물 찔끔 흐르는 응원을 보내곤 했다.

　　다른 지역 본부도 비슷한 상황일 거라 생각하지만, 사실 우리 센터의 상담사가 완전한 표준어를 구사하기 어려운 이유는 전화기 너머에도 있었다. 농업이나 어업에 종사하는 노년층의 콜이 주를 이루다 보니, 세월에 굳어진 고객의 진한 사투리를 알아듣는 것도 상담사의 과제였지만, 그 고객이 알아듣기 좋게 설명하기에도 애로 사항이 많았다. 분야와 지역에 상관없이 콜센터에서는 표준어와 함께 전문용어 사용이 기본이다. 다른 말로 대체해야 한다면 반드시 정확한 용어를 먼저 사용하고 그 뒤에 풀어서 설명해주는 게 규칙이다.

그런데 참 신기한 것이 단순히 전문용어 사용만이 문제가 아니라 서술어만 바꿔도 소통이 어려워진다. "고객님, 금액 확인 가능하십니까?"가 모범 답안이고, 고객이 이 말을 '고객님이 내야 할 요금이 얼마인지 보이세요?'라고 이해할 것 같지만 이 자체를 어려워하는 경우가 종종 있다. 교양 있는 서울의 노인이 쓰는 말이 젊은 세대에게는 딱딱하고 낯설게 들리는 것처럼, 평생 한 지역 한동네를 벗어나지 않은 나이 지긋한 어르신은 딱딱한 전문용어까지 가기도 전에 '-십니까?'에서부터 귀가 턱 막히는 것이다. 콜센터는 세상에 얼마나 다양한 사람이 있는지 실시간으로 확인하는 현장이지만, 특히나 지역 콜센터에서 일하다 보면 세상에 얼마나 다양한 말이 필요한지 절감하게 된다.

"아가씨, 나는 그리 어려운 말 못 알아들으오."

공기업 신입 상담사 시절에 가장 많이 들은 말이다. 지역 상담 위주로 제한된 업무 환경에다 10년

이상 장기근속자가 많다 보니 다들 노련했지만 사기 업 센터에 비해 세련된 맛은 덜했다. 표준어 구사만 놓고 보면 타사에서 이직한 젊은 상담사가 우리 센터 의 경력자보다 출중할 때도 많았다. 콜을 받자마자 귀신같이 변신하는 서울 말씨의 향연에 고향이 서울 이냐, 아나운서 준비를 했냐, 말투가 예쁘다 같은 덕 담이 쏟아졌다. 그렇지만 고객만족도 조사에서는 사 투리가 살짝 섞인 경력자의 친절도 점수를 따라갈 수 없었다. 같은 내용이어도 말투가 익숙하면 훨씬 더 귀에 잘 들어온다. 그들이 받은 높은 점수는 대부분 고령의 고객에게서 나온다.

웬만한 일은 스마트폰 하나로 다 할 수 있는 시 대이니 콜센터를 사용할 일이 많이 줄었을 것 같지만 여전히 노년층에게는 대면 업무가 익숙하다. 직접 설 명을 듣지 않으면 결코 해결할 수 없는 일이 상당히 많은데도 비용 감소와 업무 효율을 위해 대면 영업점 을 줄이는 실정이다. 그런 탓에 콜센터를 통한 업무 처리는 여전히 생각보다 활발하게 이루어지고 있다. 자연스럽게 고객의 연령도 점점 높아질 수밖에 없다. 센터에서는 항상 전문성을 갖추고 고객의 눈높이에 맞춘 상담을 강조하지만 두 기준을 동시에 만족시키 기는 어렵다. 눈높이를 맞추려고 친근한 말투를 쓰면 전문성에서 감점; 표준어와 전문용어를 칼같이 유지하면 눈높이에서 감점. 양쪽 모두에 대비하려고 웃음을 활용하지만 이 또한 때에 따라서는, 특히 이미 상담 내용에 대해 불만이 쌓인 상황에서는 오히려 문제를 키울 수도 있기 때문에 항상 조심스럽다.

"어려운 말 쓰지 말고 제대로 말해주쑈이."

이 반응은 지금 짜증이 나고 있다는 신호지만 어쩌면 상담사에게는 기회일 수도 있다. 정해진 스크립트를 조금 벗어나도 된다는 봉인 해제의 주문 같은 것이니까. 지독한 업무평가를 거치며 억지로 입에 붙인 표준어가 모든 고객의 귀에 잘 들릴 것이라는 생각은 상담사도 하지 않는다. 그 말은 규칙과 원칙일 뿐, 실력은 언제나 응용문제에서 빛을 발한다. 일단 상대의 말이 짜증의 신호인지 사투리를 소환하는 마법의 주문인지 제대로 캐치했다면, 무르익은 실력을 발휘할 차례다.

"고객님, 청구서 오른쪽 끄터리에 네모 칸 보이시죠이. 거기 쩨일 밑에 요금 만이천삼백 원 있습니다. 안 긍가요?"

한 소리 들을지언정 이 한마디가 모든 문제를 해결하기도 한다. 나도 말하기 쉽고 상대도 단박에 알아듣는다. 이보다 더 좋을 수 없다.

랩소디 인 콜센터 2
: K의 사정

K는 콜센터는 물론이고 회사에 다닌 경력이 없는 진짜 신입이었다. 결혼을 앞두고 생활의 안정을 찾으려는 그에게 지역 중심의 공기업 콜센터는 이상적인 회사였고, 그는 열정을 쏟아 일할 준비가 되어 있었다. 문제는 그가 뼛속까지 꽉 찬 광주 사람이라는 것이었다. 그것이 왜 문제다요? 바로 말투를 절대 고칠 수 없다는 것이다.

서울 토박이들이 흔히 오해하지만 사투리는 덩어리가 아니다. 같은 지역이라도 동서남북의 말투가 나뉘고 그 안에서 도시와 동네에 따라 말투가 미묘하게 갈라진다. 또 인구가 많은 광역시급의 대도시에서 나고 자라 정착한 사람은 사투리를 쓴다는 자각이 덜하다(나도 그랬다). 전라남도 중에서도 정확히 광주 말을 쓰는 K 역시 자신의 사투리가 심하다는 것을 잘 느끼지 못했다. 내가 화개 장터 말투를 쓰는 걸 누가 알려주기 전까지 나 스스로는 잘 몰랐던 것처럼. 이건 비단 K의 문제만은 아니었다. 콜 모니터링 결과지에서 사투리를 지적받고 우리를 눈물 쏙 빠지게 웃겼던 담양 출신 동기의 물음은 전설이 되었다. "이상하네, 내 말이 그렇게 촌씨롸?"

자기 콜을 청취하면 사투리의 어떤 부분을 고쳐야 하는지 아는 경력자와 달리 K는 자주 막막했다.

억양도 억양이지만 특정 단어의 선택과 발음에서 막혔다. 콜이 한가한 주말에는 옆 사람의 상담까지 다 들리는데 K와 근무가 겹치는 주말에는 사방의 동료들이 파티션 너머로 웃음을 참느라 애를 먹었다.

"고객님, 몇 요일에 육지로 나오실까요? 국경일에는 평일이라도 쉬어서 업무를 모대요."

선배들은 은근히 K와의 주말을 기대하기도 했다. 한가하면 들려오는 기가 막히게 구수한 K의 상담은 주말 근무의 설움과 무료함을 아주 청량하게 날려주었다. K는 꼼꼼하고 성실해서 내용을 잘못 안내하는 착오 상담은 별로 없었는데 문제는 모니터링 평가였다. 이전 상담과 동일한 고객에게서 동일한 문의가 들어오면 집중 모니터링을 받는 경우가 많았다. 때때로 어떤 고객은 사투리가 심한 상담사를 업무 처리가 미숙한 신입으로 오해해서 같은 내용으로 재전화를 하곤 했다. 그러면 센터 전체의 업무를 비효율적으로 만든 셈이라 상담을 잘해놓고도 감점을 받았다.

K와 나는 동갑이어서 가끔 근무일이 겹칠 때 퇴근 후 같이 군것질을 했는데 그때마다 K는 사투리의 고충을 토로했다. 그런데 어쩌겠는가. 표준어는 사전에 나와 있고 그 활용법도 뉴스와 영화와 드라마에서 볼 수 있지만 사투리를 고치는 방법은 남이 말로 가르

칠 수가 없는데. 타국에서 수십 년을 산 이민자도 외국어를 모국어처럼 구사하는 데 한계가 있지 않은가. 안 긍가요?

　　못 마시는 술까지 마셔가며 서러워하던 K는 결국 특유의 성실함을 십분 발휘해 이를 악물고 사투리를 고치기 시작했다. 노인을 어르고 달래며 대화할 때 자기도 모르게 슬슬 쓰던 반말 투부터 합쇼체로 바꾸기 위해 진땀을 흘렸다. 스크립트의 단어를 하나하나 짚어가면서 성실히 상담하는 사이 K의 사투리 사용은 줄어들었지만 말투는 예전에 비해 어딘가 딱딱해져갔다. 출근할 때 곱게 했던 메이크업은 싹 사라지고 하얗게 질린 얼굴에 몸을 구부린 채로 발을 질질 끌며 퇴근하는 날이 잦았다. 인생을 덮칠 수많은 고비를 생각하면서, 적금통장에 돈이 쌓여가는 것을 보면서, K는 잠들 때마다 얼마나 굳은 다짐을 했을까? 동료들의 진지한 격려를 받으며 K는 조금씩 상담사의 말에 익숙해져갔다.

　　근무자가 적어서였을까, 콜이 한가해서 그랬을까. 다행히 평화로운 토요일 오전 근무의 어느 날이었다. 그날따라 좀 더 친한 동료끼리 근무를 하게 되어서 콜이 없을 때 자분자분 수다도 떨 수 있었다. 사용을 멈추지 않는 전기의 특성상 전력공사 고객센터는 24시간 운영된다. 네 시간, 종일, 야간 근무조가 서로 시간을 겹쳐가며 교대한다. 평일에는 54명의 직원이 나인 투 식스 근무를 해도 혼자서 100~150콜 정도를 소화해야 하고, 정전 같은 사고라도 나면 집계가 어려울 정도로 전화가 밀려든다. 그런 업무 특성을 감안해도 주5일제 시행 이후로는 고객이 콜센터가 토요일에 쉰다고 생각하기 때문에 평일에 비해 주말은 콜이 적다.

그때 오전 네 시간 근무조였던 우리를 포함해 출근한 직원은 열 명 남짓이었다. 그런 여유로운 날 중에도 기록적으로 여유로운 날, 퇴근을 한 시간 앞둔 시간까지 우리 조에는 고작 열한 콜이 들어왔다. 와, 매일 이렇다면 콜센터 일도 할 만하겠다. 근데 그러면 우리는 해고당하겠지? 이런저런 잡담으로 남은 한 시간도 제발 순조롭게 지나가기를 바라던 그 순간 K의 전화벨이 울렸다. 어, 이상하다? 이번에는 K 순서가 아닌데?

콜센터는 통화를 먼저 마친 사람부터 순서대로 콜이 자동으로 들어오고 전산시스템으로 좌석별 대기시간을 볼 수 있다. 그러나 고객이 다시 전화했을 때 그 고객이 마지막으로 통화한 상담사가 업무 중이 아니라면 대기 순서와 상관없이 그 상담사가 콜을 받는다. 싸늘하다. 그냥 자주 전화하는 고객인 걸까, 아니면 이전 콜에 뭔가 불만이 있어서 다시 전화한 걸까. 모두의 귀가 예민하게 K에게 집중되었다. 다행히 시력이 떨어진 고령의 고객이 요금을 다시 정확히 확인하려고 청구서를 앞에 두고 전화한 것이었다. 평범하다. 괜찮다. 곧 퇴근할 수 있다. 우리 팥죽 먹으러 가기로 했잖아. 칼퇴 기원. 그런데 K의 목소리가 조금씩 높아지기 시작했다.

"고객님, 우측 하단 모서리 확인되십니까? 아니요. 오른쪽 하단… 아니, 밑에요. 오른쪽 밑에."

말이 짧아지고 있다. 불안하다.

"아니요, 오른쪽 가-에 보이십니까? 오른쪽 끄터리에."

콜센터 개소부터 근무한 베테랑 언니가 저 멀리서 "으학!" 하고 웃는 소리가 들려왔다. 아하, 시작이구나.

"고객님, 지난달에 요금을 반틈만 넣으셔서 이번 달에 연체료가 붙었네요."

킥킥대는 소리가 파도처럼 넘실댄다. 곧 화려한 돌비 서라운드가 K를 감쌀 것이다. 체념한 듯 울상이 된 K는 사람들에게 손사래를 치며 놀리지 말라는 신호를 보냈다.

"자동이체일이 10일이신데요. 10일에 잔고가 없으셨는지 2천 원… 아니요, 고객님."

합쇼체가 기본인 콜센터에서 해요체가 나오기 시작한다는 것은 상담사와 고객의 대화가 조금씩 답답해진다는 신호다. 지나친 해요체 사용은 정중함에서 감점 요인이다. K는 감정을 누르고 있었다.

"아— 고객님, 제가 설명드리겠습니다. 저희가 총 금액 인출이 안 되면 영업일 기준 17일, 18일 사이에 추가 출금이 됩니다. 지난달에는 10일에 인출, 18일에 추가 출금…."

삼진이다. 평생을 서류나 공문서와 멀리 지내온 고령의 고객은 한자어를 많이 낯설어한다. 그럴 때 풀어서 안내한답시고 구어체를 남발하다가 속어를 쓰는 걸 경계하는 것도 상담사의 일이지만, 상대에게 어려운 말을 최대한 쉽게 알려주는 센스도 상담사의 노련함에서 나온다.

"아니요, 고객님. 그러니까 10일에 돈이 한 번 출금되었고요."

K의 언성이 살짝 높아진다. 슬슬 동료들의 기대가 고조되고 귀는 쫑긋해진다. K의 느린 한숨 소리가 깔려 나온다. 오늘따라 왜 이리 다른 콜은 안 들어온

다냐. 이제 10분 후면 퇴근이다. 이 콜을 어떻게 진행하느냐에 따라 그의 칼퇴 여부가 결정된다.

"고객님, 통장 펼치고 계시죠? 제가 한 번만 다시 설명드리겠습니다. 8월 10일 보이십니까?"

앞뒤 볼 새가 없다. 비장한 얼굴의 K는 큰 결심을 한 것 같았다.

"저랑 같이 손가락으로 찍고 갑니다잉? 자 8월 10일에 먼저 빠코. 18일에 빠코."

침묵의 웅성웅성. 사십대 이상의 언니들 얼굴에 참을 수 없는 폭소가 떠올랐다. 잠깐, 도대체 빠코가 뭐지? 지금 K는 이상한 말을 하고 있다. 나도 전라도 살이 10년을 넘긴 참이었는데 빠코는 처음 들어본다. 도대체 빠코가 무엇이라는 말인가.

통화가 끝나고 센터가 웃음소리로 뒤덮였다. 모든 것을 포기한 표정의 K가 하얗게 질려 의자에 등을 털썩 기댔다.

"이 가시내야, 나도 안 쓰는 말을 니가 쓰냐."

고등학생 자녀를 둔 연장자 언니의 한마디에 빠코가 지금은 잘 쓰지 않는 유서 깊은 말이란 걸 알아챘다. 그때는 모든 사람이 웃고 있었기에 나도 덩달아 웃었을 뿐 그게 무슨 말이냐고 제대로 묻지도 못했다. 몇 년 후 그때 일이 불현듯 떠올라 생각해보니 빠코는 '빠지고'였구나, 짐작만 했을 뿐이다. 1970년대 초반에 태어난 전라도 지인에게 물어봐도 처음 듣는 다고 해서 확실히 알게 되었다. 대부분 쓰지 않는 말 이라는 것. 그날 빠코의 주인공은 우리 센터의 레전 드 콜을 갱신했고 오랜 시간이 지난 지금까지도 내 머 릿속에서 떠나지 않고 있다.

"나 그릏게 사투리 많이 쓰냐? 모르겠어. 뭘 어 찌케 해야 표준말을 쓴디야아."

간신히 지켜낸 칼퇴 후 K는 다 함께 우르르 몰 려간 카페의 소파에 쓰러져 신음했다. 스스로 사투리 를 쓰는지조차 모르는데 어떻게 그것을 바꾸겠는가. K는 뭐가 잘못인지도 모르겠다, 노력해도 소용이 없 다, 너무 어렵다, 이 일 오래 못 할 것 같다, 자책 종합 세트를 쏟아내며 웃지만 울고 있었다. 아, 이 험난한 콜센터 생활을 앞으로 어찌 헤쳐나갈꼬.

밝게 웃으며 들어와 이내 우울한 얼굴로 사직서 를 쓰고 사라져버린 수많은 동료를 떠올리며 안타까 워한 것도 그때뿐. 성실하고 긍정적인 K는 생각보다 업무에 훨씬 더 잘 적응하여 근속했고 굳은 의지로 착 착 쌓은 적금으로 결혼도 하고 출산도 했다. 그 주말 근무로부터 얼마 안 지나 사직서를 던지고 콜센터 문

을 박차고 나간 것은 오히려 나였다. 그렇다. 세상에
뭐든 함부로 판단하고 장담하면 큰일 나는 것이여.

엄마의 마지막 말

"니 오늘 그 꼬라지로 밖에 나갈 끼가? 머리 완즈이 미친갱이인데?"

조카 육아로 언니 집에 살다시피 할 때였다. 밤새 연재 원고 작업을 하고 자는 둥 마는 둥 뒤척거리다가 어린이집 등원 시간에 맞춰 일어난 내 꼴을 보고 언니가 던진 말이다. 알 수 없는 정적 이후 나와 언니는 아침부터 폭소가 터졌다. 미친갱이, 얼마 만에 들어보는 단어인가. 미친갱이라니! 언니도 자신의 입에서 나온 소리를 믿을 수 없다는 듯이 눈이 세 배는 커져 있었다. 이건 또 우리끼리만 웃기지. 심연에 숨어 있던 미친갱이를 끄집어낸 감동이 몸에 참 좋은데, 설명할 방법이 읎네.

어른이 되면서 언니와 나는 다른 지역에서 살았고 말투도 각자의 자리에 맞게 따로 진화했다. 20년 넘게 경기도에서 교편을 잡고 있는 언니는 정말 깔끔한 윗동네 말투를 쓴다. 화개 장터를 구르면서 진화한 나와는 차원이 다른 세련됨이다. 이제는 익숙해질 법도 한데 다른 사람과 통화를 하거나 같이 쇼핑을 하다 간간이 마주치는 언니의 경기도 말투에 아직도 닭살이 돋는다. 마치 2개 국어를 하듯 뻔뻔한 언니의 태도는 지금도 꼴 보기 싫지만 정작 언니는 이제 나의 눈총을 전혀 느끼지 못하는 경지에 이르렀다. 역시 월급의 힘인가. 그래도 나와 단둘이 있으면 언니의 봉인도 어쩔 수 없이 풀린다. 본능에 가까운 말들이 의식을 거치지 않고 툭툭 튀어나올 때면 그동안 얼마나 많은 사투리를 잊고 살았는지 새삼 깨닫는다.

언니 니 자몽 먹어봤나, 자몽? 이런 거 무을 줄 아나?

나 내를 뭘로 보노? 나도 마트에 파는 건 다 무보면서 산다.

언니 내보다 낫네. 그거 무슨 맛이드노?

나 맛은 무슨, 오렌지가 낫다. 그거 잘못 걸리면 시금털털하고 윽스로 쌔그랍다!

쌔그랍다. 집 떠나고 고향 사람을 수도 없이 만났지만 일상 대화에서 이 단어를 입에 올린 지는 20년 만이다. 이런 순간은 단순히 어릴 때 쓰던 사투리를 복기해보는 것을 넘어 나를 어린 시절로 회귀하게 만든다.

주 양육자에게 배운 말투는 평생을 따라온다. 우리는 전라도 화순에서 난 아버지와 부산에서 난 엄마 사이에서 태어났는데, 아버지는 사우디아라비아 파견노동자로 일하다가 내가 다섯 살이 넘어서야 영구 귀국했기 때문에 우리 자매는 엄마의 말에 지대한 영향을 받았다.

1947년생으로 내 또래의 부모님보다는 조금 나이가 많았던 엄마는 일제강점기에 토착화된 일본식 표현을 자주 썼고, 저 아래 어디선가 끌어올린 듯 깊고 다정한 발성에 된소리를 못 내는 사람이었다. 된소리뿐만 아니라 모든 자음이 성대가 아닌 혀끝에서 나오는 듯 조심스럽고 살살해서 경상도 여자의 사투리가 애교 있다는 선입견을 만드는 바로 그 말투였다. '다정한 발성에 된소리를 못 낸다'는 전혀 근거 없지만 절대 틀리지 않은 호응의 표현인 것 같다. 된소리가 잘 안 되는 사람일수록 입천장 쪽을 덜 닫고 공기 반 소리 반으로 말하는데 그게 살짝 다정한 발성을 낸다. 역시 근거는 없지만 내가 어릴 때 본 된소리를 못 내는 어른들은 대개 이 발성이었다.

엄마의 말을 듣고 배우며 자랐지만 희한하게도 우리 자매는 된소리도 잘하고 'ㅐ'와 'ㅔ'도 구분할 줄 아는 유창한 한국어 사용자가 되어서(억양은 말하지 않겠다) 엄마의 말에 지대한 영향을 받았으면서도 엄마의 말을 많이 놀렸다. 앞에서 말한 미친갱이(미친자)와 쌔그랍다(매우 시다)를 비롯해 지금도 생각나는 단어들이 있다. 툭사리(뚝배기), 한거(잔뜩), 썹다

(매우 쓰다), 똘갱이(돌아버린 자), 버지기(되는 대로 막 사는 자), 어바리(어리석고 멍청한 자)…. 특히 버지기와 어바리는 부산에서도 직접 사용하는 사람을 별로 본 적이 없어서 나에게는 특히 더 엄마의 말로 남아 있다. 언젠가 드라마에서 등장인물이 찐 사투리를 구사하며 뱉은 "버지기"라는 한마디에 밥숟가락을 놓고 박수를 쳤다. 와, 점마 찐이네!

후에 광주 전남권에 살면서 들었던 '느자구없는 놈'이라는 말을 단박에 '어바리 자슥', '버지기 자슥'으로 치환할 수 있었다. 어떻게 말을 이렇게 잘 만들지? 버지기, 어바리, 느자구없는 놈은 그냥 문자의 생김새만 봐도 답이 없는 인간임이 분명하다(그런데 왜 내가 그 소리를 듣고 살았지? 갑자기 슬퍼진다).

엄마의 말 중에서 무언가 많이, 한가득 있다는 뜻의 한거는 원어민의 발음으로 [항:거] 또는 [항:그]로 표현할 수 있는데, 여기서 '거'는 정확히 '거'와 '그'의 언저리를 맴도는 중간 모음이다. 그 말을 할 때의 성조와 오묘한 발음 처리가 마치 중국어 같기도 해서 나는 서른이 넘어서도 엄마가 한거라고 말할 때마다 물고 늘어지고 따라 하면서 놀렸다(그러고 보니 확실히 내가 느자구없는 어바리가 맞긴 하구나). 엄마의 사투리가 재미있었던 건 강렬한 부산말을 특유의 매우 고운 발성과 발음으로 우아하게 말했기 때문인데 나도 똑같이 구현할 수 있지만 여러분에게 들려주지 못해 애가 탄다. 이 애타는 마음을 활자로나마 남길 수 있을 뿐이다.

얼마 전 택시 안에서 라디오 사연을 들었다. 부산에 사는 오십대 초반의 주부가 심한 사투리 때문에 식구들한테 놀림받는 것이 고민이라고 했다. 표준어 사용자 입장에서는 같은 부산 사람끼리 더 심한 사투리를 쓰는 이를 놀린다는 사연이 의아할지도 모르지만, 환경과 경험에 따라 한 지역의 또래라고 해도 말에서 세대 차이가 나는 경우가 분명 있다.

사연자는 결국 전화 연결을 했다. 아, 나보다 열 살 남짓 많다는 그 언니의 목소리는 바로 우리 엄마를 떠올리게 했다. 공기 반 소리 반의 발성에 된소리와 거센소리를 전혀 내지 않는 사연자는 특히나 'ㅓ'와 'ㅡ' 발음을 구분하지 못해 남편과 아들에게 놀림을 받고 있었다. 내가 속으로 조심스레 '그럼 쌀은요?'라고 묻는 순간 사연자의 목소리는 한껏 밝게 높아지며 "그래도 쌀은 할 수 있어요!"라고 외쳤다. 그 귀여움에 웃음이 터졌다.

엄마의 말을 떠올리다 보면 언니와 내가 새로운 터전에 얼른 자리 잡기 위해 사투리를 애써 지우려고 했던 시간, 돈을 벌기 위해 사투리를 고쳐야만 했던 시간이 서운해진다. 언니와 나에게는 엄마의 말이 더는 남아 있지 않다. 한때 엄마 친구들이 집에 전화를 하면 세 여자의 목소리를 헷갈릴 정도로 우리는 서로 비슷했는데, 이제는 엄마도 언니도 나도 완전히 다른 사람이 되었다.

엄마의 목소리는 다시는 들을 수 없는 그리운 것이 되었지만 긴 시간 떨어져 지내던 우리 자매가 연례행사처럼 아주 가끔 만날 때마다 우리 입에서 툭 튀어나오는 엄마의 말, "항그 담아바라" 같은 한마디는 웃음 끝에 눈물을 쏙 빼게 만든다. 엄마의 마지막 날을 함께했던 나에게 엄마가 남긴 마지막 말은 지금도 귓가에 생생하다.

"마이 피곤하제? 좀 자라."

마음이 기억하는 소리를 실체로 만들어낼 수 있다면 얼마나 좋을까.

그날 이후로 제대로 잠을 자지 못한다는 것을 엄마는 알까? 엄마가 영영 떠나는 걸 지켜보면서도 그 말 외에는 아무것도 더 듣지 못했다는 것은 나에게 큰 아픔으로 남았다. 그래서 엄마 같은 목소리의, 엄마 같은 말투의 다정하고 '촌스러운' 부산 여인의 사연은 흘러가는 라디오 속에서도 내 귀를 붙든다. 엄마의 말을 따라 하면서 놀리고 웃었던 마치 전생 같은 우리의 행복한 기억이 떠오르기 때문이다. 사투리 때문에 식구들에게 놀림받는다던 라디오 사연자도 언젠가 남은 가족을 추억에 울다 웃게 만들까.

일본댁 할머니와 오찻물

"연남이! 연남아!"

어릴 적 우리 동네에는 일본댁이라는 할머니가 살았다. 조선 사람이지만 일제강점기에 먹고살기 위해 온 가족이 일본에 건너갔다가, 해방 후 할머니 홀로 돌아와 가난한 우리 동네에 터를 잡고 돌아가실 때까지 혼자 살았다. 고향이 정확히 어디인지는 모르지만 억양이 경상도 말이 아닌 옛날 서울말 같았고, 받침을 일본어식으로 발음하는 통에 우리 아버지를 가끔 심통 나게 했다.

"아아아, 연남이 아니라고! 영남, 영! 남!"

아버지의 당뇨가 위중하던 시기, 매일 아침 등산에 나서는 아버지를 불러다 잔소리하는 것이 일본댁 할머니의 일과였다. 아버지와 병세가 비슷했지만 인슐린도 맞지 않고 식이요법으로 빈틈없이 건강을 관리하던 할머니는 스스로를 책임지는 나이 많은 독신 여성으로서 우리 동네 터줏대감이자 동네 역사의 산증인이었다.

내가 부산에서 나고 자란 동네는 지금은 없어진 간이역과 일제강점기 철도관리국이 있던 곳이다. 언덕길을 따라 집이 늘어선 산동네로, 중학교 때까지도 비포장길이 있었던, 대도시라는 것이 믿기지 않을 정도로 낙후된 곳이었다. 한때 일본인 고관이 살았다고 추정되는 화려한 3층짜리 석조 주택, 야쿠자가 살았던 듯 어마어마한 수의 다다미가 깔린 일본식 목조 주택 등 역사의 흔적이 곳곳에 남아 있었지만 재개발을 위한 일식 가옥의 철거가 시작되면서 모두 깨끗이 사라졌다. 어쨌든 식민지 지배층 부자들이 살았을 그 동네는 한국전쟁 이후 양쪽으로 육군 부대와 미군 부대가 설치되었고, 앞에 헬기장을 두고 있던 탓인지 개발이 더뎠기 때문에 가난한 사람들이 모여 살기에 좋았다. 도시화와 핵가족화가 가속되고 있다는 것은 아직은 기사와 뉴스 속에서나 강조되던 시대였다. 우리 동네에는 조부모까지 삼대가 함께 사는 가정이 많아서 쪽 진 머리에 몸뻬 바지와 모시 적삼을 입은 할머니들을 골목골목에서 흔히 만날 수 있었다. 역사 따라 삼만 리 같은 사연을 먼저 늘어놓는 이유는 내가 기성세대와 신세대 사이에 놓인 '낀 세대'임을 구체적으로 설명하기 위해서이기도 하지만, 이런 배경이 같은 도시에서 나고 자란 동년배 사이에서도 내가 조금은 더 특이한 환경이었다는 걸 보여주기 때문이다.

1998년부터 시작된 일본대중문화개방은 나에게 적잖은 충격을 안겼다. 지금은 일본 드라마나 애니메이션을 보다가 일본어가 능숙해지는 일도 흔하다지

만 당시만 해도 일본어는 고등학교 제2외국어 교과로
도 거의 채택하지 않을 정도로 일본에 대한 배척이 극
심했기에 일상에서 일본어를 접할 일은 거의 없었다.
초등학교 때 선생님들이 가르쳐준 덕분에 일제강점
기에 고착된 일본식 사투리는 대체로 안다고 생각하
고 있었다. 그런데 일본대중문화개방 이후에야 그냥
사투리인 줄로만 알고 썼던 수많은 단어의 정체를 깨
달은 것이다.

"니 시치부(しちぶ) 입었나? 가시나가 치마 입고
다니면서 시치부도 안 입다가 육교에서 바람 불면 우
얄래!"

"밖에서 보기는 숭한데 더우니까 집에서는 마,
소데나시(そでなし) 입으라."

"이 집에는 와 스키다시(つきだし)가 이래 읎노?
영 파이다."

시치부(속바지), 소데나시(민소매), 스키다시
(밑반찬)를 비롯해, 오늘날에는 거의 사용하지 않지
만 거스름돈을 뜻하는 '주리' 역시 내가 초등학교 때
까지도 많이 썼다. 잔돈을 뜻하는 '우수리'의 제주 사
투리라는 주장이 있지만 일제강점기를 살았던, 그리
고 내가 어릴 적에 생존했던 어른들이 직접 이것이 일
본말이라고 알려준 것을 더 신빙성 있다고 생각하는

바, 주리의 정체는 거스름돈을 뜻하는 일본어 오츠리 (おつり)가 맞을 터다. 내가 처음 공교육을 받았던 초등학교 때의 담임선생님 중에는 일제강점기를 지나온 분들도 있었다. 그들은 우리가 멋모르고 쓰는 수많은 일본식 사투리를 부지런히 교정해줬지만, 웬일인지 주리를 대체할 말은 제대로 알려주지 않았는데 (내가 너무 어려서 기억하지 못할 수도 있다), 4학년이 되었을 때 드디어 거스름돈이라는 명확한 표준어를 알려주었다. 유치원이 필수가 아닌 선택이던 시절, 집안 어른으로부터 스며든 일본식 사투리를 고스란히 익힌 신입생의 언어습관을 일일이 교정해주는 것만도 나이 지긋한 선생님에게는 아주 바쁜 일이었겠다는 생각이 든다. 소데나시 대신 민소매가 입에 붙기 시작한 것도 스무 살을 넘기고 한참 지나서였으니 습관을 버리기란 얼마나 무서운가.

그중에서도 내 입에서 그렇게 떨어지기 힘들었던 단어가 있었으니 바로 '오찻물'이다. 눈이 휘둥그레질 사람들도 있을 것이다. 오찻물이 일본식 사투리라고?

오찻물은 지역의 말인 만큼 문자보다는 입으로 전해졌기 때문에 '오참물'로 아는 사람도 많을 것이다(바로 나다). 혹자는 밥과 함께 먹으니 '오찬(吂

餐)+물'이 아닐까 추리하지만 오찻물은 보통 밥과 상관없이 끓인 보리차를 부르는 말이었다. 여기서 경상도 소울을 확실하게 보여주는 말을 알려드리겠다.

"아, 만고 다 귀찮은데 그냥 오찻물에 밥 말아 무야겠다."

아무것도 없이 그저 끓인 물은 맹물이다. 오찻물에 밥을 말아 먹겠다는 것은 우리 집 냉장고에 있는 보리차에 밥을 말아 먹겠다는 뜻이다. 그러면서도 오찻물이라는 말 속 어디에 보리나 보리차라는 뜻이 담겨 있을까 생각해본 적 없이 그냥 배운 대로 쓰고 살았다. 그러다 스물여덟 살, 일본 드라마 〈심야식당〉을 볼 때였다. 하루가 멀다 하고 장인의 식당에 가는 직장인 여성 삼인방이 각자의 취향에 맞는 토핑을 얹은 오차즈케를 주문하고, 한입 떠먹을 때마다 어마어마한 의미를 부여하면서 감탄하는 장면을 보며 생각했다. 뭐꼬, 그냥 오찻물에 밥 말아 먹는 거 아이가?

댕. 댕. 댕. 머릿속에 종이 세 번 울렸다.

이거였네, '오챠(お茶, 엽차)+물'이었구나! 사람이 이래서 넓은 세상을 보고 배워야 하는구나. 오호통재라, 이제야 알다니! 그동안 나는 새하얀 맨밥과 잡곡밥을 구분한 것처럼 막연히 맹물과 오찻물을 구분했다. 근본은 모르겠지만 그냥 오래된 옛말이

려니 생각했던 단어의 기원이 바로 이것이구나! 나의 부산 친구들은 대개 보리차를 오찻물이라고 하면서 밥을 말아 먹었는데, 광주살이 20년이 되어 주변의 중년 이상 친구들에게 물어보니 광주에서는 주로 결명자차에 밥을 말아 먹으면서 오찻물이라고 부르는 경우가 많았던 모양이다. 가정이나 지역의 특색에 따라 오찻물이 가리키는 물이 다른 걸 보면 확실히 이 단어는 일본말 오챠에서 나온 것으로 보인다.

실기 작업이 많았던 대학교 때는 주기적으로 같은 과 학생들이 모여 작업실 청소를 해야 했는데, 옆반의 부산 출신 사진과 친구가 얼굴이 뻘게져서 입을 가리고 달려온 적이 있다. "야야, 내 깜짝 놀랬데이"라며 속삭이는 친구는 웃음인지 울음인지를 꾹꾹 눌러 담으며 사실상 절규했다.

"내 지금 우리 실기실 청소하고 있었거든. 아들이 하도 느릿느릿해가지고 빨리 쉴라꼬 '야, 내 배고프다, 빨리빨리 시마이하고 가자'라고 했거든? 근데 시마이를 아무도 모른다!"

세상에 마상에, 시마이를 모른다고? 시마이가 일본어에서 온 단어임을 모르는 바 아니다. 친구의 입에서 자연스럽게 튀어나온 사투리를 설사 촌스럽다고 구박할지언정 알아듣지도 못한다니! 물론 내 또래의 부산 사람이라고 해서 모두 시마이를 쓰지는 않았겠지만 부모 세대의 말이기 때문에 출신 지역을 불문하고 끝낸다라는 의미 정도는 많이 안다고 생각했다. 그런데 지역의 경계를 살짝 넘고 보니 전혀 모르는 말이 되다니. 그때부터는 역사와 주변 환경이 지역의 말에 미치는 영향에 더 호기심이 생겼다.

일본과 인접하기 때문에 부산에 일본식 사투리가 유독 많이 남아 있다고 아는 사람이 생각보다 많은 것 같다. 당연히 지리적인 영향도 있겠지만, 토박이말이 사라지면서 형성된 일본식 단어는 일제강점기에 시행된 국어말살정책과 맞물려 있기 때문에 명확한 유래를 살필 필요가 있다. 일본식 사투리는 근현대사에 뿌리를 두고 있다. 한국전쟁 당시 피난민이 많이 몰려든 곳에 판자촌이 생겨나고 특유의 음식 문화가 형성된 것처럼, 해방 후 일본에서 부산으로 돌아와 자리 잡은 사람들의 말이 다른 내륙지방보다도 더 널리 퍼지고 더 공고하게 남았을 수 있다.

그렇다고 일본식 말에 대한 추억을 폄하하거나 없었던 일처럼 싹 지울 필요까지는 없다. 내가 어릴 때만 해도 고무줄뛰기나 다리세기 놀이를 할 때 삼촌이나 이모가 일본어 노래를 부르곤 했다. 어른들도

뜻을 모른다고 했으니 윗세대에서 내려온 말이 분명하다. 그 밖에도 부산 사투리인지, 일본어에서 따온 말인지, 20세기 초의 유행어가 정착한 것인지, 도무지 근본을 알 수 없는 표현들이 사람들 입에 오르내리며 오랜 시간 살아 있는 것을 확인하면 반가운 마음과 함께 말이라는 게 참 재미있다는 생각이 든다.

지금도 부산 토박이 친구들이나 친언니와 밖에서 밥을 먹을 때면 내 측두엽을 따라 해마 시냅스에서 '파박!' 하고 스파크가 튀면서 와루바시가 튀어나오곤 한다. 와루바시란 그저 어린 시절의 기억을 아주 잠깐 열어주는 마법의 열쇠일 뿐, 그것 때문에 우리 말에서 나무젓가락이라는 존재가 사라질 리 없으니 가끔 나도 모르게 튀어나오는 말 한마디 가지고 너무 정색하고 나무라지는 말아주세요.

언니야밖에 없어서

요즘도 그런 분위기가 있는지 모르겠지만 한국식 통성명을 하고 난 후 여성이 자기보다 어린 걸 확인하면 자신을 오빠라고 불러주기를 바라는 남자들이 꼭 있었다. 특히나 경상도 여성이라면 '오빠야'에 대한 기대로 가득 찬 눈빛을 만날 가능성이 크다. 나도 부산에서 왔다고 하면 대뜸 오빠야 한번 해보라는 사람들을 자주 만났고, 정말로 부산에서는 다들 오빠야라고 부르는지도 많이들 궁금해했다.

도대체 언제부터 누가 환상을 심었는지 모르겠지만, 장담컨대 당신에게 오빠야를 남용하는 사람이 있다면 반드시 미심쩍은 요구 사항이 있을 것이다. 언젠가 초면에 오빠야를 요구한 나이 많은 남자 선배에게 내가 했던 대답은 이것이다.

"저는 언니야밖에 없어서 오빠야를 해본 적이 없는데요?"

'야'는 받침 없는 호칭인 오빠 뒤에 붙는 조사, 그 이상도 이하도 아니다. 부산에 살 때는 부르는 사람도 듣는 사람도 오빠야라는 말에 별다른 감정과 의미를 두지 않았다. 중요한 것은 누구를 오빠야라고 부르는가이지 오빠야라는 말 자체가 아니다. 내가 오빠야라고 부르는 사람은 수많은 일가친척 중 또래의 사촌 한 명과 한동네에서 자라며 어릴 때부터 알고 지낸 두세 사람밖에 없다.

20세기의 이야기다. 언니가 대학에 다닐 때는 삐삐의 시대라 통화를 하려면 기숙사 방으로 전화를 해야 했다.

"여보세요. 저는 승민이 언니야 동생인데요, 언니야 방에 있어요?"

일주일에 한 번은 언니와 통화했다. 그렇게 한 달쯤 지났나, 언니가 조심스럽게 한마디를 꺼냈다.

언니 야, 니 쫌 닭살 돋아도 방에 전화할 때는 쪼끔만 말 다르게 하면 안 되겠나?

나 뭐를, 내 싸가지 없게 안 했는데?

언니 룸메 언니가 부산에서는 왜 버릇없게 언니면 언니지, 언니에 야는 와 붙이냐고 자꾸 그란다 아이가.

오빠야에서든 언니야에서든 '야'는 호칭 뒤에 붙는 격의 없고 친근한 조사로 쓰임이 같은데, 부르는 대상이 누구냐에 따라 사람들이 받아들이는 의미가 이렇게 다르단 말인가! 그런데 또 형님아를 생각해보면 나더러 버릇없다던 룸메이트 언니의 말이 이해되기도 한다. 기껏 형님이라고 올려놓고 형님아라

고 하는 건 또 뭔가. 이제는 거의 사라졌지만 아주 어
릴 때 곧잘 쓰던 '희야'라는 말도 있다. 형아나 형님
이라는 뜻인데 경상도식 줄임의 미학에서 온 것인지,
발음이 서툰 아이들의 말투에서 나온 것인지, 자연스
럽게 체득된 언어라 근원을 뚜렷이 알 수 없지만 이런
호칭은 듣기에 참 귀엽긴 하다.

　　나에게 '야'가 빠진 언니란 상당히 거리감이 있
고 어색한 관계의 사람으로 다가온다. 가족 아닌 사
람에게 쓰는 '언니'는 친밀해 보이지만 경상도인에
게는 친하지 않은 여자 손윗사람을 부르는 말에 가깝
다. 어린 시절 나에게 그냥 언니는 아직은 낯설거나
거리가 있는 또래집단의 윗사람이었다. 이 경우에는
자연스럽게 존댓말로 이어지기도 한다. 언니, 저 부
르셨어요?

　　언니야와 비슷하게 오빠야 또한 친남매나 반말
을 틀 정도로 막역한 사이에 편히 쓰는 말로 체득되어
있다. 오빠야는커녕 그냥 오빠라는 말도 닭살이 돋아
남에게 꺼내지 못하는 경상도 여학생으로서 "나는 오
빠야라고 불러주는 게 참 귀엽더라"라는, 호기심인
지 플러팅인지 알 수 없는 느끼한 말을 들으면 이런
생각이 들 수밖에 없다. 야가 내를 언제부터 알았다
고 앵기노?

구구절절하게 설명했지만 오빠나 오빠야의 쓰임에 딱히 정해진 규칙은 없다. 자장면과 함께 짜장면을 표준어로 받아들인 이유도 딱히 설명할 수 없지 않은가. 게다가 지역의 말은 동네와 가정에 따라 다양하게 활용되니 정답은 없다.

'아/야'를 사용하는 상대에게는 반말을 쓰는 것이 자연스럽고 암묵적인 규칙이어서, 누군가 이름에 '아/야'를 붙여 불러놓고 존댓말로 대하면, 마치 풀네임으로 불릴 때 자기가 뭐 잘못했나 괜히 긴장한다는 구미 사람처럼 왠지 경직되기도 한다.

'야'를 사용해 상대를 위협할 수도 있다. 욕 하나를 하더라도 내용과 묘사에 정성을 들이는 전라도 말에 비해 경상도 말은 짧고 간단해서, 그저 호칭 하나를 크고 강하게 말하면 된다. 상대에게서 "오~빠~야~"가 아니라 "오빠야!!!!!!"가 나오는 순간 전투가 시작될 수도 있다. 그러니 초면에 오빠야를 요구하는 분들은 온갖 기출 변형에 각오하시기를.

그런데 특별히 누가 시키지 않아도 자동 탑재되는 콧소리가 하나 있는데 바로 '이모야'를 말할 때다. 이모는 엄연히 집안의 어른이자 엄마의 자매로 삼촌 관계의 친척이지만 적잖은 경상도 이모들이 자신이 이모야임을 조카에게 어릴 적부터 주입시키며 애정을 쏟기 때문인지도 모르겠다. 삼촌아, 고모야, 이모부야는 모르겠지만 이모야만큼은 어쩐지 기분이 좋고 행복해진다. 한때 부산 출신인 친언니와 광주 출신인 형부 사이에 태어나 경기도에서 자란 조카를 양육하며 나도 은근히 이모야를 주입해보려고 노력했지만 웬일인지 실패했다. 유례없던 경기도 깍쟁이가 집안에 탄생했다. 이런.

희한하게 유독 경상도인에게만 어려운 '아/야'도 있는데 바로 이름 뒤에 올 때다. 언니, 오빠, 이모까지 모두가 쓰는 촌수 호칭에는 마구 쓰는 조사가 사람 이름에는 왜 이리 붙이기 새삼스러운지 모르겠다.

초등학교 4학년 때 조별 숙제 때문이었던 것 같다. 어려운 과제를 피하려는 나를 향해 조장이었던 남자애가 애원하는 목소리로 소맷자락을 잡으면서 "찬후야~"라고 불렀고, 그날 밤 조장은 내 꿈에 나왔다. 질풍노도의 시기가 일찍 찾아왔던 탓에 매일같이 장난치고 놀려대던 남자애들에게 나는 대부분 적대적이었는데, 평소 아무런 접점도 없던 애가 내 이름을 한 번 제대로 불렀다고 난데없이 꿈에 등장한 것이다. 물론 그 애가 애원하던 일도 내가 했다. 뭘 부탁했는지는 기억나지 않지만.

많은 경상도인은 친밀도와 상관없이 성과 이름을 한 번에 부르거나 이름만 담백하게 부른다. "미숙이!", "영식이!", "인근이!" 살짝 고전적으로 들리기도 한다. 영화 〈별들의 고향〉이 생각나지 않는가? 그런데 막상 '경아'나 '정아'처럼 받침이 없는 경우에는 이름만 부르기 머쓱한지 성을 같이 붙여 부르게 된다. 마음 깊숙한 곳에서 진짜로 〈별들의 고향〉은 찍고 싶지 않은 강력한 터프함이 치고 올라오는 모양이다.

물론 매우 가까운 사이거나, 품성이 다정한 사람이거나, 이유는 모르지만 기분이 왠지 그런 날에는 드물게 "정아야", "경아야" 하고 부르기도 하지만 기본적으로는 "박정아!", "오경아!"라고 튀어나오게 된다. 자, 우리 경상도 여인들, 살짝 입속에서 웅얼거려보자. 무엇이 더 편안한 발성을 내는지.

또 재미있는 것은 똑같이 받침이 없어도 남자들은 그냥 이름만 "민우!", "정우!", "경수!"라고 잘만 부른다는 것이다. 이런 쓸데없는 분석은 아주 어릴 때부터 나를 혼란스럽게 했는데 아직까지 수수께끼를 풀지는 못했다. 오빠야가 경상도 여자는 애교가 많다는 생각을 심어준 것처럼 이런 디테일이 경상도 남자는 터프하다는 이미지를 만들어내지 않았을까.

경상도인의 이름 부르기 역시 시대와 유행을 거

쳐 변화했는데 내가 고등학생이던 세기말에는 이름을 앞 두 글자만 부르는 것이 영문도 모르게 널리 퍼졌다. 김민정은 김민, 이지영은 이지가 되는 것이다. 학군이 전혀 다른 학생들이 모이는 학원에 가도 그랬다. 요즘 내가 사는 곳에서도 가끔 그런 말이 들리는 걸 보면 지역과 관계없는 유행인지도 모른다.

물론 성이 특이한 경우에는(내 성은 '여'다) 이름 따위 안중에 없이 "여!", "황!", "남궁!"과 같이 성으로만 불리기도 했다. 나도 언니도 학교에서 그렇게 불린 걸 보면 이 또한 경상도식의 멋쩍은 친밀함의 표현인 모양이다.

여하튼 이 이야기의 끝은 이렇다. 학창 시절까지 남에게 이름 한번 똑바로 불려본 적 없던 경상도 아이들이 전국 곳곳으로 뿔뿔이 흩어지면서 난생처음 '○○아/○○야'라고 처음 불렸을 때, 상대가 나한테 특별한 감정이 없다는 걸 뻔히 알면서도 굉장히 다정하게 들리는 말소리에 설렌다. '혹시… 쟤가 나를 좋아하나?' 하는 근거도 없는 생각이 0.5초 정도 드는 것도 사실이다.

온갖 아명과 애칭과 별명과 조각난 이름들을 뒤로하고 출생신고와 함께 탄생한 내 이름이 올곧이 불리는 순간을 맞이하고서야 비로소 경상도인은 진정한 성인식을 치르는 것 같다.

"찬후야."

누군가 나의 이름을 불러준 그 순간, 나는 드디어 내가 되었다.

억울한 사투리에 대한 변론

부산에서 전남으로 옮겨 살면서 지역마다 다른 말을 듣는 재미만큼 좋은 것이 같은 말을 찾는 반가움이다. '아따!'나 '가시내'같이 일부러 꺼내자면 바로 나오지는 않지만 상황에 따라 저절로 툭 나오는 사투리는 전라도와 경상도를 넘어 전국 어디서든 어색하지 않게 쓸 수 있다. 다만 어떤 사투리의 활용을 적잖이 오해하는 사람이 점점 늘어나는 것 같아 기회가 될 때마다 이를 설명하고 해명하는 것에 열성을 다한다. 다행히 활자로 박제할 기회까지 생겼으니 이번에도 성심성의껏 항변하고자 한다. 자, 잘 보시오들!

오빠야, 언니야 못지않은 경상도 특유의 표현을 떠올리자면 머시마, 가시나가 있고, 좀 더 생활 깊이 들어가면 딸아가 있을 것이다. 그중에서 가시나가 유독 많은 오해를 산다. 오랫동안 한자말 위주의 언어생활을 했기 때문인지, 우리말을 잃었던 일제강점기를 지나온 탓인지 가시나가 우리말이 아니라고 생각하는 사람도 있다. 하지만 사내아이를 뜻하는 머시마와 여자아이를 뜻하는 가시나는 우리말이다.

가시나가 욕설인 줄 알고 불쾌해하는 사람을 보고 상당히 놀랐다. 가시나 자체는 비속어가 아니다. 가시나와 머시마는 격의 없는 사람 사이에 통용되는 사투리다. 예의를 차려야 할 상황에서 가시나를 쓰면

낮춰 부르려는 의도가 다분하겠으나, 일반적으로 가시나는 친근한 사람을 아무런 악의 없이 부르는 말이고 용례를 보면 그렇다는 것을 더 분명히 알 수 있다. 억울함을 풀 필요가 있다.

가시내 또는 가시나의 어원에는 여러 가지 설이 있지만 가장 좋아하는 버전은 초등학교 3학년, TV를 볼 수 없는 무료한 오후에 마구 돌리다 잡힌 라디오 채널에서 들은 이야기였다. 임진왜란 당시 이순신 장군은 우리 병사 수를 많아 보이게 하려고 부녀자들에게 남자 옷을 입혀 강강술래를 돌게 했다. 이 무리를 '가짜 사내(假+사내)', 즉 가시내라고 했단다. 이전까지 별 뜻 없이 쓰던 가시내였는데, 그 이야기를 듣는 순간 바닷가에서 여자들이 손에 손을 잡고 강강술래를 도는 장면이 생생하게 떠올랐다. 처음 듣고 얼마나 놀랐던지 수많은 사람에게 들려주며 적잖이 잘난 척을 했다. 그런데 시간이 지나 이런저런 책을 읽으며 이것은 수많은 가설의 하나일 뿐 신뢰할 만한 근거가 없다는 것을 알게 되었다.

가시내의 어원에 대한 실마리는 이 말의 어근에서 찾을 수 있다. 여자를 뜻하는(그러나 지금은 없어진) '갓'과 아이를 뜻하는 '아히'가 연결된 형태의 '가ᄉ나히'가 경상도에서는 '가스나희', '가시나희'

를 거쳐 지금의 가시내로 이어졌다. 서울에서는 '가스나히'가 '갓나히'로 변했고, 이것이 '간나히', '간나희'를 거쳐 이북에서는 '간나이(간나)'로 이어졌다고 한다.* 가시내의 상대어인 사내는 지금까지 꾸준히 쓰이는 반면, 가시나는 점점 사용하지 않으면서 사투리로 남았고 쓰임과 상관없이 비속어로까지 오해받기에 이르렀다.

비슷한 경우로 딸아와 딸내미가 있다. 여기서 먼저 짚어야 할 것은 딸내미는 아들내미와 함께 명백한 표준어라는 사실이다. 사전에는 '딸자식을 귀엽게 지칭하는 말'로 정의하고 있는데, 친밀하지 않거나 자기보다 윗사람의 자녀에게는 사용을 지양하는 분위기다(국립국어원 국어생활종합상담실 온라인가나다 선생님은 딸내미가 귀여움을 이르는 말이지 특별히 차별적인 의미로 사용되지는 않는다고 했다).

십여 년 전에 딸내미가 사람들에게 큰 관심을 받은 적이 있다. 경상도와 전라도에서 상경한 캐릭터가 우르르 등장하는 드라마 〈응답하라 1994〉의 영향이었다. 상대가 자기를 딸내미라고 하자 서울 사람인

*　조항범, 「잘못 알고 있는 어원 몇 가지(2)」, 『새국어생활』, 제15권 2호, 2005, 105~106면.

이 사람이 내가 왜 그쪽 딸내미냐고 화를 내는 장면이 나오는데, 이후 인터넷에도 딸내미에 특별한 뜻이 있냐는 질문이 올라오곤 했다. 수많은 댓글이 달렸지만 확실히 세대가 변했는지 그 말이 생활에서 어떻게 쓰이는지 시원하게 설명하지 못하는 사람이 많아서 놀랐다. 나, 그렇게 옛날 사람인가?

경상도와 전라도에서 딸내미는 가시내와 마찬가지로 여자(아이)를 부를 때 흔히 쓰는 말이다. 내가 자란 부산의 동네에서는 어른들이 딸아를 딸내미만큼 자주 썼다.

경상도 와, 그 딸아가 애살이 그래 많드라이. [와, 그 여자(아이) 승부욕이 정말 강하더라.]

전라도 아따, 저 딸래미가 귄있어잉. [와, 저 여자(아이) 은근히 매력 있다.]

역사적으로 여성을 가리키는 명사가 비하의 의미로 쓰이곤 했던 데다 미디어의 발달과 함께 표준어가 널리 퍼지면서 사투리가 계급적 편견을 심어준다는 인상까지 생기다 보니(당연히 아니다!) 지역민들 사이에서도 이 말들은 서서히 잊히고 있다. 나 역시 일부러는 아니지만 이 말을 자주 쓰지 않게 되었다.

그러다 타지에서 만난 칠곡 사람의 입에서 딸아라는
말을 듣는 순간 뒷마당에 묻어놓고 잊은 김칫독 뚜껑
을 연 듯 귀가 뻥 뚫렸다. 아직 이 말을 자연스럽게 쓰
는 또래가 있구나! 초속으로 끌어당기는 듯한 친근함
과 반가움이란 말로 설명할 수 없는 감동이다. 딸아
라니, 니 몇 살이고?

　　살면서 만나는 여러 지역 사람들과 대화할 때
오해를 빚지 않기 위해서는 맥락을 이해하고자 노력
해야 한다. 아래의 뭔가 복잡 미묘한 예문들을 보며
화자의 마음 상태에 따라 가시나/가시내를 어떻게 활
용할 수 있는지 배워보자.

1단계
　경상도 가시나 진짜 사진 잘 나왔데이. 옥수로
예쁘다. 잘 찍웃네. [칭찬]
　전라도 오메, 가시내 뭘 이런 걸 다 사 와야?
들고 오는 것도 힘든디. [고마움]

2단계
　경상도 아이고 가시나야, 니 옥수로 빼입고
나왔네. 그래 신나드나? [샘을 내는 듯한 가벼운
칭찬]

전라도 아따, 가시내 겁나 찍어 발랐구먼. 훨훨
날아부러. [놀리는 듯한 가벼운 칭찬]

3단계
경상도 저 가시나 말하는 꼬라지 바라.
싸가지가 바가지다. [확실한 욕]
전라도 흐미, 저 가시내 철딱서니를 간식으로
처먹었나 부네. [확실한 욕]

적고 보니 왠지 이해를 더 어렵게 만든 것 같다.
아무튼 누군가 당신에게 가시나, 머시마를 외쳤다고
해서 덮어놓고 얕보거나 욕하는 것이 아니라는 사실
만은 분명히 알아주면 좋겠다.
뭣이 중헌디? 그것은 바로 문맥.

서울 사람들은 이거 어떻게 읽어요?

고등학교 때 시각장애인 도서관에서 봉사활동을 한 적이 있다. 활동에 앞서 교육을 받고 점자도서 발간을 위한 문서 작성과 시각장애인용 문제집 녹음을 했다. 따로 녹음실에 간 것은 아니다. 집에서 식구들에게 녹음이 끝날 때까지 조용히 해주기를 당부하고 방문을 잠근 뒤, 공테이프를 넣은 녹음기에 입을 대고 문제를 읽는 최첨단 아날로그 제작 시스템의 일이었다. 디지털 시대를 사는 지금, 그때를 생각해보니 새삼 궁금하다. 전국의 어설픈 목소리 봉사자들이 남긴 문제집은 얼마나 흥미진진했을까?

뽑기 운도 대단하여 언어영역 문제집 녹음에 당첨된 나는 어마어마한 양의 지문과 해설에 땀을 뻘뻘 흘렸다. 문제와 선지, 해설을 읽을 때는 최대한 건조하고 또박또박하게 읽으려고 애를 썼다. 그럼에도 집중해서 문제를 풀어야 하는 이용자의 주의력을 방해하는 사투리 억양을 완전히 숨기지는 못했을 것이다. 한편으로는 『토지』나 『태백산맥』과 같은 대하소설의 등장인물들이 주고받는 진한 사투리를 읽을 때면 묻고 싶어졌다. 서울 사람들은 이거 어떻게 읽어요?

문자만 봐서는 절대로 알 수 없는 입말의 차이가 있다. 남도살이 20년이 되도록 나에게 대놓고 부산 사투리 한번 해보라는 사람이 한 명도 없었는데,

다들 어디서 보고 왔는지 최근 들어 갑자기 '블루베리 스무디'나 '이거 어디까지 올라가는 거예요?'를 부산 사투리로 읽어보라며 깔깔대는 일이 심심찮게 벌어지고 있다. 광주만 해도 많은 사람이 뒤섞여 사는 서울이나 경기도와 달리 타지인이 드물어서, 자신이 아는 경상도 사람, 하면 떠오르는 인물은 당연히 나다. 성장기에 체득한 지역감정 탓에 전라도에 살면서 부산 사투리를 쓰면 괴롭힘을 당하지 않는지 궁금해하는 부산의 지인들도 있었지만, 실제로 그간 광주에 살면서 부산 출신이라는 이유로 특별히 주목받은 일이 없었기에 갑자기 쏟아지는 관심이 무척 당황스러웠다. 그중에서도 사람들이 가장 많이 물어본 문제는 바로 이것이었다.

$$2^2 \ 2^e \ E^e \ E^2$$

표준어로 통용되는 현대 서울말은 2와 E를 구분하지 않는다니, 어찌 이럴 수 있단 말인가!

경상도 사투리에 남아 있는 우리말의 장단과 성조를 상징하는 '가가 가가'라는 전통적인 구문이 있다. 2(E)의 2(e)승 읽기는 이것의 21세기 버전이 된 것 같다. 사람들이 크게 오해하는 것이 있는데 경상도인의 말에서 유독 두드러지는 2와 E의 발음 차이는 사투리 때문이 아니라 그들이 언어 자체의 장단과 성조를 철저하게 따르기 때문이다. 숫자 2의 발음은 [이ː]로, 알파벳 E는 [iː]로 발음해 장음을 살리고, 여기에 각각 우리말과 영어에 따른 성조를 구분한 것이다. 여기서 더 깊이 들어가자면 우리말에서 유일하게 성조가 남아 있는 경상도 사투리는 물론 태백산맥을 넘어 강원도까지 전국 방방곡곡 사투리의 특성을 전부 따져야겠지만, 나는 언어학자가 아니므로 딱 한 가지만 짚고 넘어가야겠다.

1989년 봄의 일이다. 절대로 잊을 수 없다. 그날 마흔두 살의 엄마와 여덟 살의 내가 크게 싸웠기 때문이다. 문제는 바로 '사장'을 어떻게 읽느냐였다. 여기서 사장이란 어떤 회사의 대표, 바로 사장님을 말한다. 다섯 살에 한글을 뗀 나는 여덟 살 무렵에 벌써 스스로의 어휘력에 굉장한 자신이 있었는데, 나름대로 터득한 기준에 따라 사장님을 말할 때 첫음절 '사'를 낮고 길게 뺐다. 그런데 엄마가 피식 웃는 것이었다.

"사-장님이 뭐고? 사장님이지!"

이 차이를 알 만한 사람은 경상도인, 특히 남쪽 사람일 것이다. 어쨌든 입이 트인 이래 사장님의 첫

음절을 내내 낮게 늘여 말하던 나에게 단 한 번도 뭐라고 하지 않았으면서 갑자기 이렇게 비웃다니, 도저히 받아들일 수 없었다. 정말 유치하기 짝이 없는 장면이지만 우리는 상당히 진지했다.

"아니거든! 우리 반 애들도 다 내랑 똑같이 말한다!"

"무슨! 다 틀리게 말한 거지. 엄마가 맞다."

의무교육의 첫발을 디딘 나의 자존심이 부글부글 끓어오르려던 찰나 엄마가 승리를 확신하며 승부수를 던졌다.

"사전 피 보면 알 거 아이가! 찾아보라매!"

식식거리면서 펼친 『국어대사전』에 나온 사장의 발음 표시는 이러했다.

사장[사장]

명백한 나의 패배였다.

국어사전의 발음 표기는 지금도 여전히 연구 및 보완되는 중요한 문제다. 국어사전학이 싹트고 한글맞춤법과 외래어표기법이 대대적으로 개정된 1988년에는 '-읍니다'의 시대가 막을 내렸다. 일찌감치 한글을 뗀 나는 우리말 영역에서 리틀 꼰대나 다름없었다. 선물로 받은 국어사전을 끼고 다니면서 아주 잘난 척을 하고 다녔던 것이다. 얼마 안 있어 맞춤법이 바뀌는 바람에 '-습니다'부터 새로 공부해야 했지만. 그때는 표준어를 명확하게(물론 경상도 억양으로) 쓰겠다는 비장한 사명감을 갖고 있었기 때문에 내 언어 생활에서 국어사전은 절대자와 같은 권위를 가졌다. 그런 국어사전이 정답을 제시했으니 굴복하지 않을 도리가 없었다. 따질 것도 없이 그날 이후로 나는 첫음절인 '사'를 더 높고 단호하게, '장'은 낮추어 읽게 되었다. 얼마나 큰 충격이었는지 그날의 언쟁이 지금도 생생하게 기억난다(깔끔하게 패배를 인정한 건 좀 멋지다고 생각한다).

이후로도 사전을 끼고 다닌 덕분에 경상도에서 태어나 듣기와 말하기를 통해 느낌으로 자연스럽게 터득한 사투리 중 상당수가 표준어의 장단음 규범에 들어맞는다는 걸 알게 되었다. 요즘 사람들이 신기해 하면서 특유의 간질간질한 리듬을 흉내 내는 서울 사투리도 잘 들어보면 사실 우리말의 장단음을 명확히 따르고 있다.

특히 서울말에서는 장모음이 들어갈 경우 특유의 모음변화도 보이는데 어른을 [으:른]으로 말하는 나이 지긋한 어른들의 말투가 바로 그런 경우다. 모음조화 규칙이 정비되고 표준어의 기준이 되는 서울 말이 점점 깔끔하게 똑떨어지는 말투로 바뀌면서 많이 사라졌지만, 바로 이런 음의 길이와 높낮이가 경상도 사투리에만 유독 강하게 남아서 마치 중국어 같은 성조가 남게 되었다.

2(E)의 2(e)승 읽기를 넘어 경상도 사투리 발음의 핵심을 제대로 알고 싶다면 다음 세 가지를 기억하면 된다.

1. 모음의 장단
2. 동사의 강조
3. 느낌적 느낌

거듭 말하지만 이것은 학자의 연구가 아니다. 나는 국어학자가 아니라 그냥 경상도인이다. 인생의 절반을 경상도에서, 나머지 절반을 떠돌이로 살면서 경상도 사투리를 어색하게 흉내 내는 타지 사람들에게 자주 설명하다 보니 이만큼 정리된 것이다. 특히 1번과 3번에 비해 2번은 쉽게 활용할 수 있는데도 규칙을 모르니 아무렇게나 따라 하는 사람이 많다. 자기가 이상하게 틀려놓고 또 재미있다고 깔깔 웃을 것은 뭐람!

“오늘 늦었네. 밥 먹었나?”

“내가 보고서 쓰라고 한 거 다 했나?”

경상도인이라면 따로 동사를 가릴 것 없이 자연스럽게 읽는 대화인데, 2번만 기억한다면 타지 사람들도 쉽게 따라 할 수 있는 초급 문장이다. 이 대화에서 주어와 목적어를 빼고 동사만 생각해보자. ‘늦었네’, ‘먹었나’, ‘쓰라고’, ‘한’, ‘했나’를 말할 때, ‘늦다’, ‘먹다’, ‘쓰다’, ‘하다’의 실질적인 의미를 가지는 실질형태소만 강조하면 된다. 즉 ‘늦’, ‘먹’, ‘쓰’, ‘한’, ‘했’을 강조하면 되는 것이다.

이는 사투리를 어설프게 흉내 내는 사람이 지나치는 매우 중요한 지점이다. 만약 당신이 빠르게 경상도 사투리를 연습해서 공연해야 하거나 사투리를 감쪽같이 구사해 친구를 놀리고 싶다면 이 점을 절대 잊어서는 안 된다. 왜냐하면 대부분의 어색하고 절망적인 사투리 연기는 동사를 엉망으로 말하면서 무너지기 때문이다. 표준어에는 없는 ‘-나/-노’에 정신을 빼앗겨서 사실 아무 의미도 없는 그 어미들에만 힘을 주는 것이다. 경상도 사투리에서 동사를 강조하라는 말의 핵심은 너무나 간단하다. 진짜 의미가 있는 부분에 힘을 주면 된다!

동사는 무조건 강조하면 된다는 초급을 마스터하고 중급에 도전해보고 싶다면, 음절의 높낮이와 장단을 살리면 된다. '연습히디', '기억하다'와 같이 접미사 '-하다' 앞에 명사가 붙는다면 그 명사의 끝 높이에 맞추어 뒤에 오는 '-하다'의 음이 낮아진다.

[연ː습]하다는 '연'이 길게 내려왔다가 '습'이 짧고 높게 끝나는데 '하'가 '습'과 같은 높이로 이어지다가, '다'가 한 계단 내려오면서 마무리된다. 단음인 [기억]은 두 글자를 똑같은 높이로 (강조하고 싶다면 높은음으로) 말한 뒤 오히려 반음 살짝 내려온 '하'와 다시 계단을 훅 내려온 '다'로 끝을 맺는다. 중급이 맞아? 반음이 내려온다는 건 도대체 뭐지?라는 생각이 들었다면 3번으로 가보자.

제일 어려운 게 바로 3번의 느낌적 느낌이다. 예를 들어 오빠야는 경상도 어느 지역에서든 억양이 똑같다. 두 번째 음절 '빠'에 강조가 들어가 리듬을 탄다. 드라마나 영화에서 뜬금없이 첫 번째 '오'에 힘이 들어간 오빠야를 어떤 배우가 뱉는 순간 고향 친구들이 있는 톡방에 불이 난다. 평생 경상도 사람 본 적도 없냐는 성토가 여기저기서 쏟아져 나온다.

그런데 언니야는 또 다르다. 나는 평생 첫음절 '언'을 가장 높게 말하고 '니야'는 순차적으로 내려왔는데, 경산에 사는 내 친구는 두 번째 음절 '니'를 높인다고 한다. 이것이 경남과 경북의 차이라고 하기에는 또 애매한 것이, 같은 부산 사람인데도 경산 친구처럼 말하는 경우가 있다. 예전에는 억양이 명확히 구분되었지만 사람들이 인접 지역을 서로 더 많이 오가게 되면서 구분 없이 섞였는지도 모른다.

나는 '언!니야'든 '언니!야'든 어느 쪽이어도 상관없지만 사실 경남인과 경북인이 만나면 이런 억양 차이로 자주 티격태격한다. 어릴 땐 자기와 미묘하게 다른 억양을 가지고 서로 놀리기도 했다. 다른 지역 사람이 들으면 웃을 일이다. 이러나저러나 결국 언니아인데. 느낌적 느낌은 결국 어느 순간 "우리 집에서는 원래 이렇게 썼당께!"라고 하는 순간 판단 영역에서 벗어나버린다.

느낌적 느낌에서 나조차 이유를 설명하기가 가장 어려운 것은 사람의 이름을 말할 때다. 수많은 친구들의 이름을 부를 때, 경상도인은 딱히 누가 가르치지 않아도 거의 같은 억양을 쓴다. 사전에도 없는 사람 이름을 희한하게 거의 같은 높낮이로 부른다는 것이 신기하다.

그런데 유독 은미를 부를 때만은 달랐다. 초등학교에 다닌 6년 동안 은미는 나에게 항상 첫 번째 음절을 높이는 이름이었고 반 아이들은 물론이고 본인도 그렇게 불렀다. 그런데 중학교에 올라가서 은미는 갑자기 낮은 첫음절로 시작해 뒤가 올라가는, 나의 은미보다 한결 부드러운 억양의 은미가 되어 있었다. 초등학교 친구들과 중학교 친구들 사이에서 은미를 어떻게 불러야 하는가를 두고 작은 소란이 있었다. '은'을 높여야 한다, '미'를 올려야 한다 언쟁이 있었지만 정작 은미 본인은 전혀 신경 쓰지 않았다. 은미에게는 아주 어릴 때부터 익숙한 일이었을까?

내 또래에서 흔한 이름이었던 탓인지 어른이 되어서도 은미를 두고 비슷한 언쟁을 했다. 우리는 어릴 때와 마찬가지로 정답을 찾지 못한 채 서로 자기 말이 맞다고 우기다가 이내 깔깔 웃고 넘겼다. 사실 정답이 없다는 게 정답이겠지만. 웃으면서 헤어진 사람들 중 누군가는 그날 밤 잠자리에 누워 해결하지 못한 은미의 미스터리를 곱씹었을지도 모른다.

어마무시하게 정성껏

2001년, 부산을 떠나 순천으로 대학을 가는 딸을 앉혀놓고 화순 출신 아버지는 몇 가지 조언을 했다.

"그 동네에서 싸워 이기려면 그 동네 욕을 할 줄 알아야 한다."

그때 수많은 위협과 묘사의 문장들을 눈이 튀어나오게 들었지만 단연코 내 머릿속에 깊이 박힌 것은 '배지를 갈라서 빨랫줄에 널어버릴 놈'이었다. 눈앞에 펼쳐지는 그 잔혹한 광경! 그 빨랫줄은 나일론 줄인가, 피복 전선인가. 온갖 상상력을 자극하는 그것이 바로 내 인생 첫 전라도 욕과의 만남이었다.

이런 말들이 SNS를 타고 돌아다니면 공감의 좋아요도 받지만 한편으로는 분노에 찬 전라도 출신 젊은이들의 댓글도 심심찮게 볼 수 있다.

"도대체 누가 저런 욕을 쓰는데? 전라도 살면서 저런 말 들어본 적도 없다. 거짓말하지 마라!"

서울 사람의 사투리에 대한 몰이해보다 동향인이 사투리를 오용한다고 생각할 때 더 큰 분노가 일어난다. 일종의 배신감 때문이다. '다른 사람은 몰라도 네가 우릴 우습게 만들면 안 되지!' 그렇지만 동무들아, 잠깐만 캄 다운. 거듭 강조하지만 사투리는 저마다의 지역색이 담겨 있을 뿐 명확한 공통의 기준은 없는, 표준어가 아닌 말이다. 그러니 내가 듣거나 써본 적 없는 말을 누군가 우리 동네 사투리라고 소개한다고 해도 분노하지는 말고, 저기 어느 집에서는 그런 말을 쓰기도 했나 보다 하고 이해하고 넘어가기로 해요, 우리.

그러고 보니 전라도 사람들을 만나보면 나이에 따라 사투리 욕을 대하는 온도가 다르긴 하다. 21세기를 연 세대의 언어생활이 이전에 비해 순해진 배경에는 미디어의 발달로 지역 말 특유의 억양이 깎여 나가고 표준어에 맞춰 순화된 탓도 있지만, 격동의 근현대사를 겪은 이전 세대에 비해 저 깊숙한 곳에서부터 욕을 끌어올려야 할 일이 확연히 줄어든 현실도 깔려 있다. 딸을 타지로 유학 보내면서 어마무시한 욕을 전수해주던 아버지가 기억하는 전라도와 내가 직접 살아본 전라도가 다른 만큼, 시대가 바뀌면서 전라도 사투리도 많이 달라졌을 것이다. 우리 아버지처럼 전쟁을 겪었고 궁핍한 환경을 견디지 못해 고향을 떠날 수밖에 없었던 세대의 말과 그 자식 세대의 말 사이에는 어쩌면 지역 차이보다 더 큰 간격이 있을 수도 있다.

아버지에게 욕을 전수받기는 했지만 그 욕들을 실제로 써먹어본 적은 없다. 그래도 한마디도 잊지 않고 간직하고 있기는 하다. 상대의 속을 꺼내 줄에

넣어버리겠다는 욕은 어지간한 원한이 사무치지 않고서는 나올 수 없다. 이 정도로 억장이 무너져 욕을 뱉을 일이 아직 나에게 일어나지 않았다는 것은 좋은 일이지만, 나 혼자라도 되까릴 수 있는 강력한 욕을 어느 정도 마스터했다는 건 든든하다.

나는 언제나 상대를 목적어로 하지 않는 욕설은 그저 들끓는 감정의 발산, 포효일 뿐이라고 생각한다. 스포츠 경기를 보면서도 "선수가 경기 중에 욕을 하니 보기 좋지 않네요"라며 차분하게 지적하는 사람을 보면 나도 모르게 울컥한다. 아니, 보는 나도 답답해 미치겠는데 당사자는 오죽하겠어요! 욕이라도 뱉어야 이 속 터지는 순간을 넘기지! 다만 그런 급박한 상황에서 배를 갈라 빨랫줄에 널어버리는 성실한 욕을 할 수는 없을 것이다.

요즘은 돌려 돌려 사람의 심기를 건드리고 머릿속을 복잡하게 만드는 충청도식 화법이 화제다. 반대로 부산의 욕은 짧고 간단하다. 복식호흡만 잘하면 충분하다. 경상도 말의 핵심은 축약이기 때문이다. 욕설까지 갈 것도 없이 "쫌!", "마!" 한마디로 상대를 제압할 수도 있다.

그럼에도 내가 전라도식 욕에 감탄하는 이유는

바로 일상어를 활용한 묘사형이기 때문이다. 전라도 친구들에게도 나이 지긋한 어르신이 화려한 묘사의 향연으로 구사하는 욕이 신기한 모양이다. 여럿이 모인 자리에서 할머니나 할아버지 혹은 입담이 대단한 동네 어른이 남긴, 서로 겹치지도 않는 독창적인 욕을 경쟁하듯 늘어놓는 것을 듣노라면 다들 시인이 따로 없다. 왜 힙합은 한국에서 출발하지 못했을까?

언젠가 추석을 앞두고 기름 두둑한 전집에 앉은 친구들은 1990년대에 전국적인 유행의 바람이 불었던 일진들 패싸움 목격담을 들려주었다. 나보다 대여섯 살 많은 선배가 학창 시절 추석께에 벌어진 일을 생생하게 증언하는데, 폭력에 찌든 당시의 고등학생은 나이에 비해 꽤나 짙은 전라도 소울을 가졌던 모양이다.

"오오냐, 잘됐네. 너 오늘 병풍 뒤에서 향내 좀 맡아볼라냐?"

하지만 식상하다. 이 정도는 미디어에서 수많은 양아치의 언어로 소개되어서 놀랍지 않다. 물론 중학교 때 봉사활동으로 부산 충렬사 본전에서 위패를 닦아본 입장에서 그 조용하고 어두운 공간에 은은하게 퍼지던 향냄새의 기운을 알기에 순간 서늘해졌다. 그렇지만 충격적이지는 않았다. 패스!

이어서 상대편의 킥이 낮고 조용하게 날아왔다.

"그래… 올 추석에는 어찌냐. 돌 밥상이 괜찮것 제?"

잠시 적막이 흐르고 둘러앉은 우리들의 머릿속은 바빠졌다. '누구나 선산 하나쯤은 갖고 있잖아?'라고 깐죽거릴 수 있는 부농의 자손이라면 금방 알아들을지도 모르겠지만, 평범한 우리는 역시 세대 차이라는 관문 앞에서 좌절해야 했다. 하지만 말뜻을 알고 나서는 그 깊이에 감탄을 하지 않을 수 없었다. 돌 밥상. 그것은 돌잡이 상도 아니요, 인형(doll) 밥상도 아니요, 말 그대로 돌(石) 밥상이다. 즉 산소 앞에 제수를 올리는 돌이다. '오늘이 네놈 제삿날이다', '네놈 제삿밥 좀 먹어보자!' 같은 귓등에도 붙지 않는 하찮은 협박과는 다르다. 추석을 앞두고 돌 밥상을 봐주겠다니, 아직 제삿날도 맞이하지 못했는데 따끈따끈한 돌 밥상 신세로 만들어주겠다니! 그 창의적이고 성실한 문장을 긴박한 상황에서 툭 내뱉는 언어 구사력이라니!

타지에서 고생하는 남도의 청년 여러분. 누군가 빈정빈정 당신에게 사투리를 시연해달라 요청해도, 눈앞에서 자기의 사투리 실력을 봐달라며 끔찍하게 흉내 내도 너무 화내지 마시라. 그냥 씩 웃으며 원하는 것을 주시라. 애써 사투리를 숨기지 않는 것이 미덕인 요즘이다. 이왕이면 정성스레 12첩 반상으로 돌밥상을 차려준다면 듣는 사람도 만족하겠지만 나쁜 말 한마디 없이도 얼마든지 상대를 배부르게 먹여줄 수 있을 것이다.

유창하게 구수하게

평생을 통틀어 미취학아동 시절만큼 사투리를 강력하게 쓴 적이 없다.

"우리 쪽자하러 가자."

"느그 집에 박상 바까 물 거 없나?"

"준비 시까노- 땅!"

내 나이가 한 자릿수일 때 많이 쓰던 말이다. 쪽자는 국자를 말하는데 이걸 동사로 만들어 쪽자하자고 하면 달고나를 만들러 가자는 뜻이다. 박상은 튀밥으로 일종의 뻥튀기를 말한다. 우리보다 조금 위의 어른들이 엿 바꿔 먹었다고 하듯이 내가 유치원 때까지만 해도 박상 아줌마가 "박상 바꾸이세에"라고 노래처럼 외치는 소리가 들리면 고물을 들고 나가서 튀밥과 바꿔 먹었다. 달고나는 사장님이 설탕을 구워 모양 틀로 찍어주는 것도 있었지만 아이들이 돈을 내고 직접 연탄 곤로 위에 쪽자를 올려 만드는 것도 있었다. 우리 동네에서는 보통 직접 만드는 것을 쪽자라고 하고 모양 틀로 찍어주는 건 찍기라고 불렀다.

많은 논란을 일으켰던 것은 '시까노 땅'으로, 일제의 잔재 같은 인상을 강력히 풍기지만 의외로 나이 지긋한 어른들은 모르는 말이었다. 나중에 어른이 되어 격투기에 빠지면서 우연찮게 어원을 알게 되었다. 격투기 경기에서 선수와 그를 돌보는 세컨드가 링 위

에 입장한 뒤, 경기가 시작하기 직전에 심판이 세컨
드를 퇴장시키는 '세컨드 아웃'이라는 말이 출처를
알 수 없는 변형으로 '시까노'가 된 것이다. 따라붙는
'땅' 또는 '땡'은 경기 시작을 알리는 벨소리다. 이
말은 한때 복싱 붐을 타고 생겨난 것으로 80년대에
어린이들이 먼저 접한 신조어였다.

아직은 대가족 문화가 남아 있어 조부모와 함
께 사는 아이가 많았던 그 시절, 부산 어린이의 어투
에는 어디서인지 모르게 생겨난 신조어에 일제강점
기와 전쟁을 지나온 부모와 조부모의 말이 뒤섞여 학
교 선생님들의 혼을 빠지게 했다. 입학하자마자 선생
님들은 우리들의 말에 남은 일제의 잔재를 지우려고
부단히 노력했다. 의무교육의 힘은 대단해서 나는 고
교 시절까지 욕을 한마디도 하지 않았고 'ㅓ', 'ㅡ',
'ㅢ'를 잘 구분하는 데다 된소리 발음도 정확히 하는,
놀랍도록 단정한 학생이었다. 거기에 매체를 통한 언
어순화 효과까지 더해져서 학창 시절의 나와 내 친구
들이 쓰는 부산말은 억양은 강할지언정 발음이나 단
어 사용에 별다른 특색이 없었다. 흔히 부산 사투리
하면 떠올리는 특징, 그러니까 모음 구분에 서툴거나
된소리 발음을 잘 못하는 것은 우리 사이에서도 놀림
감이 되었을 만큼 부산말 특유의 발음이 약해지고 사

용하는 단어도 표준어에 가깝게 매끈해졌다. 물론 개인차는 있지만.

2001년, 그러니까 내가 막 성인이 되어 부산을 떠나 전남, 경남 사람들과 섞이기 시작할 무렵 영화 〈친구〉가 개봉했다. 부산 출신 곽경택 감독이 부산 사투리를 쓰는 등장인물들로 서사를 꽉 채운 누아르 영화로 "내가 니 시다바리가?"라는 명대사를 남긴 그 작품이다. 예나 지금이나 누그러질 기세가 보이지 않는 "오빠야 한번 해봐라"와 함께 경상도인들을 향한 새로운 주문이 탄생한 순간이었다. 앞서 말했다시피 우리의 선생님들은 학생이 가족으로부터 배운 일본식 단어의 잔재를 없애려고 부단히 노력했기 때문에, 나는 시다바리가 뭔지 알아도 직접 입 밖으로 뱉어본 일은 없었다. 그런데 영화 〈친구〉의 개봉을 계기로 나는 시다바리라는 말을 처음, 그리고 계속 사용하게 되었다. 신기한 일이 아닐 수 없다.

부산을 떠나온 이후로는 타지에서 경상도인을 만나면 더 적극적으로 고향의 사투리를 구사하게 되었는데, 심지어 부산에 살 때 쓰던 단정한 여고생의 말투를 넘어서서 어딘가 점점 더 거칠어지고 구수해지기 시작했다. 미취학 아동기와는 다른 양상의 강력한 사투리 생활이 시작된 것이다. 믿기지 않겠지만 전라도에 살면서 부산 사투리가 더 심해졌다.

"니 어제 기숙사에서 잘 잤나? 마 쪄 죽겠는데. 에어컨 좀 틀어주면 안 되나?"

"와, 완전 씨껍했다. 진짜 웡캉 더위가 살 껍떼기까지 다 빼끼도 땀이 질질 흐르겠드라."

웡캉이라니. 이 역시 부산에 살 때는 머릿속에만 있고 입 밖으로는 꺼내본 적 없던 표현이다. 부모님 세대에게서 곧잘 들었지만 대화에서 써본 적 없던 말이 이제 아주 편하게 나온다. 같은 지역이라도 대도시와 소도시의 문화가 조금씩 달라서 또래 안에서도 사용하는 단어가 다른데, 외지에서 경상남북도 온갖 지역의 친구들과 어울리면서 내 근본이었던 부산 말도 이리저리 섞이기 시작했다.

실제로 젊은 경상도인이 '니캉내캉(너랑나랑)'이라는 표현을 일상에서 쓰는 경우는 사라지다시피 했지만 나는 무엇인가 강조하는 순간에 일부러 니캉내캉을 꺼낸다. 대학 시절 여러 경상도인을 만나면서 안동 양반이 만들었을 법한 한자어도 많이 알게 되었다. 한때 괜히 촌스럽게 보여서 쓰고 나면 멋쩍었던 '씨껍하다'도 '식겁(食怯, 겁을 먹다)'이라는 한자어에서 온 걸 알았을 때는 어처구니가 없었다. 강렬한 억양이나 발음과 달리 단순하고 점잖은 단어여서 지금은 아주 편안하게 쓰고 있다. 그렇다. 차가운 도시 소녀였던 나는 가장 세련된 모습을 추구하게 된다는 이십대에 들어서면서 도리어 점점 더 구수해졌다. 전남 사투리까지 섞인 것은 덤.

영화 〈친구〉가 나에게 그랬듯 지역 배경의 드라마들이 수많은 사람으로 하여금 지난 시간의 추억을 상기시켰고, 그와 함께 슬쩍 누르고 있던 사투리를 분출하게 만들었다. 부산 사람들의 이야기를 본격적으로 다룬 드라마 〈응답하라 1997〉이 큰 신호탄이었던 것 같다. 이후 광주를 배경으로 한 〈오월의 청춘〉, 제주인들의 삶과 사랑을 그린 〈우리들의 블루스〉, 충남 부여의 청년들이 주인공으로 나오는 〈소년시대〉 등이 계기가 되어, 드라마 속 사투리에 반응한 지역 사람들의 격의 없는 대화가 순식간에 SNS를 훈훈하게 만들기도 했다.

특히 육지 사람은 알아듣기 힘든 제주도 사투리가 나오는 드라마에 대한 제주인들의 반응은 한결같은데, 바로 '나는 안 쓰는 말인데 신기하게 다 알아먹겠다'는 것. 그들 또한 그야말로 몸속에 사투리가 스며든 것이다.

제주 사투리가 높은 보존 가치의 언어로 주목받으면서, 평소에는 전혀 제주어를 쓰지 않는 젊은 제주 출신 사람들에게 해석을 청하는 경우도 왕왕 보인다. 말의 소리나 생김새가 영 낯설어 혼란에 빠진 육지 사람과 달리 입가에 흐뭇한 미소를 지으며 서울말로 번역해주는 제주인의 모습에서 빛이 난다. 진정한 자부심을 읽을 수 있다. 내가 머릿속에만 쌓아둔 사투리를 스무 살이 넘어서 어떤 계기 하나로 자연스레 쏟아냈던 것처럼 '나는 안 쓰는 말인데 신기하게 다 알아먹겠'는 제주말이 언제 어디서 툭 튀어나와 제주인들의 인생을 지배할지 모를 일이다.

고향을 떠나 타지에서 사는 삶은 낯섦의 연속이라 대학을 졸업하고 광주에 살기 시작하면서 항상 말조심을 했다. 전라도와 경상도의 긴장 관계 때문이 아니라 튀지 않기 위해서였다. 어쩐지 사회인이 되고 나서는 주목받는 걸 피하고 싶었고 모르는 사람이 호기심을 가지고 나를 궁금해하는 것이 두려웠다. 타지에 정착할지 아닐지도 모르는데 나를 다 드러내는 것이 싫었다.

불안한 생계와 막연한 미래를 핑계로 친구도 애써 만들지 않던 음울한 시기를 지나 점점 안정기에 들었을 때 전라도와 경상도 사투리가 적절히 섞이기 시작하더니 뜻밖에도 평생 입에 올리지 않을 것 같았던 부산말들을 쓰기 시작했다. 평소에 사투리가 터져 나오는 것을 '봉인 해제'라고 하는데 단지 막힌 입이 뚫리는 느낌을 넘어서 수만 년 전 숨겨둔 보물이 발굴된 것처럼 머릿속에만 있던, 심지어 머릿속에 있는지도 몰랐던 말들이 저절로 흘러나오기 시작했다.

한때 부산 사투리를 매우 심하게 쓰는 대통령을 장난처럼 흉내 낸다고 시작한 말이 입에 붙어버리기 시작했다.

"냉장고 바지 세일하는데 하나 사까?"

"얼마나 세일하는데?"

"무려 이십 퍼**센**트."

사투리로 사람 놀리는 거 아니라고 항상 주장했지만 같은 경상도인끼리는 괜찮다며 열었던 판도라의 상자가 나에게 주문을 걸어버린 것 같다. 작년에는 울릉도에 레지던시를 다녀왔다는 한 작가님의 SNS 글을 나도 모르게 '울**령**도'라고 읽었다(정확히는 'ㅣ+ㅓ+ㅡ'를 빠르게 연결해 읽는 것에 가깝다). 이것은 중학교 때 사회 선생님의 말 습관으로 친구들끼리 얄궂게 흉내 내면서 놀린 기억이 무심결에 튀어나온 것 같다. 경상도의 특정 지역에서 일어나는 'ㅡ'

모음의 변화인데 지금은 잊혀진 고어식 발음이 전해져 사투리가 되었다고 한다. 오래된 사투리의 어떤 발음들이 고어의 흔적이라고 하니 사라지는 것이 아깝다는 생각이 든다. 그래서 우연히 떠올랐을 때 괜히 한번 입 밖으로 내보고 머릿속에도 새겨본다. 언젠가 내가 무심결에 뱉은 한마디가 또 누군가의 사투리를 봉인 해제할지도 모르니까.

전라도살이 이후 전라도 말과 섞이면서 내 입에서 사라져가던 경상도 말이 뜻밖의 사회적 관심으로 되살아나기도 한다. 경상도 말을 이야기할 때 빼놓을 수 없는 것 중에 '-노/-나/-고/-가' 의문문이 있다.

"니 숙제 했나?"

"이거 숙제가? 나는 못들었는데 와 말을 안 해주노?"

"가시나 지가 못 들어놓고 짜증이고."

'-노/-나' 의문문이 21세기 들어 특정 네티즌 사이에서 정치적 목적으로 오염되기 시작했다. 무작정 '-노/-나'를 붙여서 조롱하는 사람들은 정치 성향과 상관없이 대부분 경상도인이 아닐 거라는 생각이 든다. 이렇게 마구잡이로 틀린 말을 쓰는데 경상도인으로서 어떻게 가만두고 볼 수 있단 말인가! 말도 안 되는 '-노/-나'의 남발에 대한 분노는 말로 다 할 수 없다.

잘못된 용도로 사용되는 시간이 길어지면서 혹자는 '-노/-나' 의문문 자체를 혐오 표현으로 규정하고 사용하지 말자고도 했다. 물론 그 주장이 말도 안 된다는 것을 알기 때문에 대부분의 사람들이 반기를 들었지만 씁쓸한 일이 아닐 수 없다.

그렇지만 경상도인은 참지 않지. 일상어에서조차 '-노/-나'를 지적당하고 의심의 눈초리를 받는데 진저리가 난 경상도인들은 바른 사용법을 하나하나 따져 공유하기 시작했고 최근 몇 년 사이에는 친절한 사람들이 속속 등장해 블로그에 올바른 용례까지 올려주었다.

'-노/-나' 의문문은 행동이나 상태를 확인할 때 사용한다. 반면 '-고/-가' 의문문은 시간, 장소, 사람, 물건 등 정확하게 지칭하는 대상이 있을 때 쓴다. 부연 설명이 필요한 질문은 'ㅗ'로 끝나고, '예/아니오'의 대답을 요구하는 질문은 'ㅏ'로 맺음하는 식으로 구분할 수 있다.

다음은 약속 시간에 대한 대화로, 올바른 경상도 의문문의 활용법이다.

언니 지금 집에 있나? [집에 있다는 상태]
나 아니, 나왔다.
언니 언제 도착하노? [도착한다는 행동]
나 여덟 시쯤 간다.

이번에는 정확한 대상을 지칭하는 '-가/-고' 의문문의 활용이다

언니 지금 집이가? [집이라는 장소]
나 아니, 나왔다.
언니 여기 도착하면 언제고? [언제라는 시간]
나 여덟 시쯤 되겠는데.

자, 다들 경상도의 의문문에 대한 의문이 어느 정도 풀리셨는지! 다만, 이는 격의 없는 반말에만 해당되고 존댓말 종결어미까지 더한다면 동공 지진이 일어날지도 모르겠다.

나도 광주의 친구들과 잡담하는 사이사이 강의를 펼치곤 한다. 신기하게도 이 골방 수업과 함께 다시 '-노/-나/-고/-가'가 내 입에도 붙기 시작했다.

"잘 봐봐, 내가 지난번에 말했지? 이럴 때 '-노?'를 쓰는 거시여."

원래 인생이 그런 것인지 모르겠지만 마흔이 넘으면서 무언가 한 바퀴를 돌고 다시 시작하는 기분이다. 건강관리가 힘들어서인지 부모님 세대가 세상을 떠나기 시작해서인지 자꾸 유년 시절을 곱씹어 밖으로 꺼낸다. 아무리 타지에 정착했어도, 변해버린 고향에 나를 기다리는 사람 하나 없다 해도, 내가 한때 거기 있었다는 사실은 꼭 말하고 싶어진다. 같이 경상도 사투리를 쏟아낼 사람은 가까이에 없지만, 무심하게 튀어나오는 내 사투리를 아무렇지 않게 듣는 사람이 주변에 많아진 걸 보면 지금 사는 곳에 확실히 나의 자리가 생긴 것 같기도 하다.

　　더 이상 나를 특별히 낯설어하거나 궁금해하는 사람이 없다는 건 나의 생활에도 어떤 한계가 왔다는 뜻일지 모르겠다. 하지만 그만큼 불안한 시간이 지나가고 안정이 찾아왔다는 의미인 것 같아 뿌듯하기도 하다.

말하는 대로

중학교 때 '『토지』 깨기'를 했다. 박경리 작가의 대하소설 『토지』는 당시 판본으로 총 열여섯 권이었고, 학교 도서실에서 야심차게 구입한 책이 분명했다. 그때 우리 학교는 사서 선생님이 따로 없었다. 책을 대출하려면 학생들이 도서실에 자율적으로 들어가 직접 책 뒤의 대여 카드에 이름을 적고 대여 대장에 기록을 했다. 도서실 담당 선생님이 아주 가끔 대여 대장을 체크할 뿐 어떤 학생이 무슨 책을 착실히 빌려 읽는지 관심 가지는 사람 하나 없었지만, 나는 왠지 아무도 읽지 않아 빳빳한 새 책의 독서 카드에 내 이름을 첫 번째로 올리는 데 열을 올렸다. 거창한 이유는 당연히 없었다. 우리는 1빠의 민족이 아니던가.

　중학교 2학년 때 시작한 『토지』 깨기는 졸업 직전에야 완수되었다. 시험기간이 닥치면 손을 놓았다가 다시 읽기를 반복했고 그럴 때마다 직전 내용이 가물가물해져서 앞으로 되짚어 돌아가는 일이 잦았기 때문이다. 대하소설이라는 이름에 걸맞게 방대한 시간의 서사 속에 등장하는 사람들과 사건이 얼마나 수없던지, 흐름이 끊어지면 누가 누군지 헷갈려서 다시 읽기를 반복해야 했다. 그래서인지 마흔이 넘은 지금, 아무리 기억을 더듬어봐도 내용이 가물가물하다. 아무래도 다시 읽어야 할 것 같다.

대학교 때는 『태백산맥』이 있었다. 당시 학교에
는 졸업을 위한 필수 교양 과목으로 영어와 함께 '독
서와 표현'이 있었는데 학점은 없지만 반드시 이수하
여 성적표에 P(PASS)를 받아야 했다. 주로 조별로 책
을 정해서 같이 읽고 토론한 내용을 간단하게 발표하
는 형식의 수업이었지만, 기말고사 과제는 가혹했다.
바로 『태백산맥』을 완독하고 독후감을 제출하는 것.
　　학기 초 오리엔테이션에서 미리 공지는 받았지
만 매주 전공 과제만 해도 시간이 모자라 밤을 새워
허덕허덕 해내야 하는 데다 교재비와 실기 재료비로
도 경제적 부담이 큰 미술 전공 학생에게 열 권짜리
『태백산맥』을 완독하라는 과제는 시간과 비용 면에서
태백산맥만큼이나 넘기 힘든 높은 산이었다. 같은 수
업을 듣는 전교의 모든 학생이 학교도서관에서 같은
책을 빌리기 위해 눈치 싸움을 벌였고, 결국 나는 졸
업하는 순간까지도 『태백산맥』1권을 도서관에서 본
적이 없었다.
　　지방 소도시의 시립도서관을 간다고 해도 사정
이 크게 다르지 않았다. 결국 2000년대 초까지 활발
하던 유료 대여점을 통해 열 권 세트를 빌린 뒤, 친구
들과 돌아가면서 반납 기일을 일주일씩 연장해 눈에
핏대를 세워가며 죽음의 완독을 했다. 너무 혹독한

과목 이수 방식에 학생들의 원성이 자자해서인지 나
중에는 결국 이 과목에 1학점이 부여되었다. 그런데
마흔이 넘은 지금, 아무리 기억을 더듬어봐도… 역시
다시 읽어야 할 것 같다.

비록 내용은 저 너머로 사라졌지만 두 번의 대
하소설 대장정은 나에게 두 가지 가르침을 남겼다.

첫째, 사투리를 글로 이렇게 잘 옮길 수 있구나.

"저놈으 자석, 미역 한 꼭지 빼놓고 나왔일
기다. 내 곡식 내놓으라고 지랄병을 할 기니
도부꾼이 학을 떼겄고나."*

"위메 내 새끼 꼬막 무치는 솜씨 잠 보소. 저
반달 겉은 인물에 손끝 엽렵허기가 요리 매시라운
니는 천상 타고난 여잔디. 금메, 그 인물, 그 솜씨
아까워 워쩔끄나와."**

대하소설의 사투리 때문에 편집자들이 고생한

* 『토지 제1부 2권』 5장 「풋사랑」에서 도부꾼을 쫓아가는
   봉기를 보고 이평이 하는 말.
** 『태백산맥 제1부 한의 모닥불』에서 소화가 정하섭을 위해
   꼬막무침을 만드는 장면.

이야기는 어른이 되어서도 한참 뒤에 접했다. 웹툰을 연재하면서 내가 쓴 사투리를 오탈자라고 생각하는 편집자를 만나고서야 나도 일이 복잡하다는 걸 알았다. 과연 『토지』의 배경이 된 하동과 『태백산맥』 속의 벌교는 경상남도와 전라남도 중에서도 강력한 기상의 사투리를 보여주는 곳이니, 편집자들의 노고가 얼마나 컸을지 눈에 선하다. 바쁜 세상에 맞춤법검사기를 활용할 수도 없고, 사전에도 나와 있지 않은 말들이니 표기 기준을 어디에 둬야 할지 난감했을 것이다. 경우에 따라서는 해당 지역 출신자의 감수나 교차 검증을 추가로 거쳐야 해서 번거롭기도 했을 테고. 그럼에도 지역인의 삶에 얽힌 역사와 그 말을 작품에 담아준 소설가의 노고에 비할 바는 아니다.

둘째, 사투리를 쓰는 사람들도 이야기의 주인공이 될 수 있구나.

내가 어릴 때는 서울이 아닌 지역을 배경으로 하는 작품이어도 등장인물이 서울말을 쓰곤 했다. 일례로 1995년에 방영된 〈젊은이의 양지〉는 1980년대 정선의 사북 탄광촌을 배경으로 한 드라마인데 주인공은 물론 그의 가족과 주변 인물까지 통틀어 단 한 사람도 정선 사투리를 쓰지 않았다. 억척스럽고 악독한 성격의 주인공 어머니만이 함경도 사투리가 섞인 말을 썼는데, 이는 그 시절 대중매체에 사투리가 어떤 이미지로 쓰였는지 짐작할 수 있는 대목이다.

대하소설이 남긴 교훈을 발판 삼아 나는 내 만화의 주인공들에게 사투리를 쓰게 했다. 그 덕분인지 독자 반응 중에는 유독 '어딘가 진짜 살아 있는 사람들의 이야기 같다'는 평이 많다. 전국 각지 출신의 노인들이 나오는 『안녕 커뮤니티』를 만들고 나서 등장인물의 목소리가 실제로 들리는 것 같다는 후기를 들었을 때는 정말이지 짜릿했다.

『안녕 커뮤니티』의 배경은 가상의 소도시 '청암시'다. 예전에 경기도 군포의 언니 집에서 1년 가까이 머물며 조카를 키울 때 한동안은 내가 경기도에 와 있단 걸 인식하지 못했다. 아파트 단지에서나, 시장과 번화가에서나, 아무튼 어딜 가나 경상도 사투리가 들렸다. 경기도 사람은 다 서울말 쓰는 줄 알았는데! 그때 경험을 바탕으로 청암시를 토박이와 이주민이 구분 없이 뒤섞이고 정착하며 나이 드는 곳으로 설정했다. 나는 여러 지역에서 온 노인이 잔뜩 나오는 이 만화의 모든 장면이 시끌시끌하길 바랐다. 의미 없이 구시렁거리고 틈틈이 맥락을 이탈했다 돌아오는 고령의 등장인물들에게 각각의 고유한 목소리를 부여하는 데 공을 들였다. 그러기에 사투리만큼 좋은 장치가 없었다.

사투리의 억양과 특유의 속도감을 살리려면 입말 그대로 문자화하는 것이 중요하다. 지나치게 폭력적이지 않은 선에서 욕설을 추임새처럼 끼워 넣었다. 말 한마디를 쓸 때도 인물의 배경을 아주 구체적으로 설정한 다음 그 지역 사람이 무의식적으로 말끝마다 붙이는 욕설이 무엇인지 고려했다. 조용하고 고아한 인물에게는 경어체와 서울말을 부여하고, 그 안에서도 목소리가 높고 성격이 발랄한 이에게는 '어머머머' 같은 감탄사를 넣고, 자주 쓰는 어미를 다르게 해 부드럽거나 강한 성격의 차이를 분명히 드러냈다.

드라마나 영화에서 이른바 신스틸러로 널리 알려진 배우를 보면 찰나의 등장에도 확실한 인상을 남기는데, 거기에 말투가 차지하는 비중이 정말 크다. 작고하신 원로배우 김지영 선생은 함경북도 청진에서 태어나 광복 후 인천으로 내려왔다. 그는 젊은 시절부터 팔도의 사투리를 익히기 위해 촬영지는 물론이고 전국의 시장을 일부러 찾아다녔다. 그래서인지 배역의 배경, 계층, 세대, 상황에 맞춰 억양, 발음, 말 사이사이 호흡까지 제대로 연기했다. 그의 생전 사투리 연기를 모은 유튜브 영상에는 전국 각지의 사람이 한마음으로 남긴 댓글이 수두룩하다. 우리 할머니의 경상도 말투랑 백 퍼센트 똑같다, 같은 경상도여도 지역마다 다른 억양을 구사하시는 게 포인트다, 충청도 할머니 말투를 딱 짚었다, 경북이랑 강원도 사투리가 미묘하게 섞인 것까지 정확히 살렸다, 강원도 사투리는 넘사벽이다, 제주도 사투리까지 똑같다, 진짜 사투리의 교본이다 등등 많은 사람이 입을 모아 극찬하며 함께 즐거워한다.

김지영 배우가 전국의 시장을 찾아다닌 것이 사투리 연기에 도움이 되었듯, 내가 경상도와 전라도를 떠돌며 지역 구석구석의 사투리를 접한 경험은 만화 속 캐릭터를 만들 때 상당히 큰 자산이 되었다. 나는 만화를 그릴 때도 등장인물의 출신 지역을 아주 구체적으로 상상하고, 나이와 성장 배경에 따라 세밀한 말투까지 다르게 정한다. 그 작업이 고되기는커녕 즐겁다.

사투리도 큼직한 도 단위 행적구역으로 나누기보다는 울단지(울산미포국가산업단지) 말투, 광단지(광양국가산업단지) 말투로 구분하기를 좋아한다. 같은 도시 안에서도 토박이가 대부분인 동네와 외지에서 특정 산업 종사자가 많이 들어와 형성된 동네의 말투가 또 다르다는 것이 재미있다. 울단지와 광단지 말투는 이방인과 함께 새롭게 성장한 역사를 가졌다. 산업 특화 지역뿐만 아니라 실향민의 섬으로 불리는 강화 교동도의 황해도 말투나 경기 북부 지역에 남은 옛 서울 말투처럼 세월이 깃든 말도 소중하다.

살아 있는 사람들의 이야기 같다는 반응만큼이나 반가운 것은 독자가 있는 지역에 따라 반응하는 인물이 다를 때다. 내 만화를 통해 다른 지역 사람들이 한자리에 모이는 느낌이 좋다. 『안녕 커뮤니티』를 읽으며 고향이 부산인 사람은 역시나 경상도 사투리를 쓰는 조영순, 설쌍연 부부의 대화에 제일 크게 반응했다. 내 주변의 광주 친구들은 주인공 방덕수 영감의 전라도 사투리를 엄격하게 지적하기도 했다. 어떻게 이렇게 욱하는 성격의 노인네가 욕을 안 할 수가 있냐는 것이다. 여러분 그것은 편견입니다. 세상엔 욕 없이도 사람 성질을 긁는 능력을 가진 사람이 있다니까요.

문제는 사투리가 남한을 벗어날 때였다. 『안녕 커뮤니티』의 최고령자 막례 여사는 구십대 노인으로 개성 만두 장인 설정이었는데, 나는 개성 사투리를 들을 일이 없어서 어떻게 대사를 써야 할지 막막했다. 온갖 미디어를 뒤지다가 개성과 가까운 강화 교동도 주민의 삶을 다룬 다큐멘터리와 개성 출신의 새

터민이 나오는 방송을 찾아보았다. 나이 지긋한 서울과 경기 지역 어르신에게서 보이는 특유의 옛 말투와 비슷하게 들렸지만 아무리 노력해도 그 억양을 활자로 표현하기는 어려웠다.

개성은 예전에 경기도 북부에 속했던 지역이니 북한말 하면 전형적으로 떠오르는 평안도나 함경도보다는 경기 북부의 말과 가까울 것이라고 보고, 그 억양에 막례 여사의 배경과 성격에 맞춰 말투를 새로 만들자는 결론에 이르렀다. 막례 여사는 결혼한 지 얼마 되지 않은 새색시 시절, 만삭의 몸으로 전란을 피해 남쪽으로 내려왔다. 이북의 개성과 남한의 가상도시 청암의 말이 뒤섞여 막례 여사만의 말투가 만들어졌으리라 상정했다. 그 뒤에는 국립국어원 자료와 인터넷을 뒤져 북한의 욕설과 단어를 조합해 딱히 어느 지역의 사투리라고 잘라 말할 수 없는 정체불명의 말투를 만들었다. 이북에 고향을 두고 온 사람이 보면 얼마나 웃기겠나 싶지만 분단이 오랫동안 이어지는 지금, 전라도와 경상도 사투리의 생동감을 이야기하는 사람들 사이에서 막례 여사의 말투에 대한 지적만 없는 것을 보면 조금 쓸쓸한 기분도 든다.

지금은 잊혔거나 잘 사용하지 않는 말을 나의 작품에 남기는 것은 세대를 잇는 인물을 가족 단위로

묶어주기도 하고 극적으로 다른 사람들이 어울리는 것을 보여주는 방법이기도 하다. 그리고 내 만화에 최대한 생활 속 말을 많이 남기려 하는 것은 더 많은 사람이 어울리면서 재미있는 말들이 또 태어나길 기대하기 때문이다. 구글을 검색하고 인공지능 스피커에게 물어가며 나의 말을 찾아 티격태격하는 모습은 또 재미있지 아니한가.

전국의 사람들이 수도권으로 몰려가 살아가는 지금, 지역의 말에 또 어떤 변화가 일어날지, 50년쯤 후에는 우리가 어떤 말을 쓰게 될지 궁금하다. 오늘 내가 쓰는 말은 그때도 살아 있을까?

에필로그

워째 여기 미꾸라지 새끼가 겨들어 온 겨?

갸 홈그라운드에 꼴데 팬이 웬 말이여

저...그냥이... 부산이라스...

그라게 도발하는 건가

KIA 승리 시 사장님이 전부 쏜다! 외향어니 날45

감당할 수 있것어?

펑

허긴, 꼴데는 올해도 꼴찌 분위긴디

아따 오늘만 좀 봐주쏘

맨날 혼자 야구 보능 게 불쌍해서 데꼬 나왔소

맥주나 얻어먹고 가쏘

헤헤.. 네네

내가 어릴 때만 해도 롯데와 해태(KIA)는 함께할 수 없었다

야구 경기 한 번으로 정말 못 볼 걸 많이 보고 살았다

그렇지만 지금은 어디서든 내가 원하는 팀을 응원할 수 있다

그러지 못했던 시간을
오랫동안 걸어왔다

니 말투가 와 이상하노?

지역감정을 드러내는 사람도 많았고

결혼할 것도 아니믄
뭣 하러 일거리도 없는 동네서
혼자 이리 산디여?

이방인으로 살았던 시간도 길었지만

인생의 절반을 영호남에 나누어 살았던 나에게

어…

어!?

진짜 고향은

홈러언!!!

어디든 지금 내가 살고 있는 곳

듣고자 귀를 열면
우리는 더 많은 이야기를
나눌 수 있다

그래서 나는
사람들이 가진 자기만의
모든 말을 좋아한다

나를 만든 세계, 내가 만든 세계
'아무튼'은 나에게 기쁨이자 즐거움이 되는,
생각만 해도 좋은 한 가지를 담은 에세이 시리즈입니다.
위고, 제철소, 코난북스, 세 출판사가 함께 펴냅니다.

아무튼, 사투리

초판 1쇄 2024년 9월 20일

지은이 다드래기
편집 곽성하, 김아영
디자인 일구공 스튜디오
제작 세걸음

펴낸곳 위고
펴낸이 이재현, 조소정
등록 2012년 10월 29일 제406-2012-000115호
주소 경기도 파주시 돌곶이길 180-38 1층
전화 031-946-9276
팩스 031-946-9277

hugo@hugobooks.co.kr
hugobooks.co.kr

©다드래기, 2024

ISBN 979-11-93044-20-9 02810